Nouveau départ

Ouvrage publié originellement par Simon Pulse,
une marque de Simon & Schuster Children's Publishing Division
sous le titre :
Inner Circle

18, rue Barbès, 92128 Montrouge Cedex
ISBN : 978-2-7470-2837-0
Dépôt légal : juin 2009.
Loi n°49-956 du 16 juillet 1949 sur les publications destinées à la jeunesse.

Kate Brian

Nouveau départ

Traduit de l'anglais (États-Unis) par Sidonie Van den Dries

bayard jeunesse

Kate Brian est l'auteur de nombreux romans pour adolescents, dont *Une princesse peut en cacher une autre*, chez Bayard Jeunesse, collection Millézime.
Dans la série *Campus*, vous pouvez lire *Bienvenue à Easton* (vol. 1), *Sur invitation* (vol. 2), *Intouchables* (vol. 3) et *Confessions* (vol. 4).

Retour à Easton

Une brève averse matinale avait laissé dans son sillage un voile mouillé qui faisait miroiter les arbres au bord de la route. Des nuages vaporeux, chassés par la brise, s'effilochaient dans le ciel bleu. Tout étincelait sous le soleil. J'avais à mes pieds des emballages de fast-food graisseux, et une odeur âcre de café flottait dans la voiture, mais à l'extérieur, le monde paraissait neuf. Neuf, propre et plein de promesses... Même le panneau qui signalait l'entrée du campus avait été repeint, et l'on avait taillé les branches de l'arbuste, qui le dissimulaient. C'était le début d'une nouvelle année scolaire ; l'occasion de prendre un nouveau départ.

Passé le portail, la route montait en lacets jusqu'au sommet de la colline. Je retins ma respiration dans l'attente d'apercevoir, entre les arbres, la flèche de pierre qui coiffait la chapelle de l'Académie d'Easton. Le cœur battant, je me penchai entre les sièges avant pour épier la réaction de ma mère. Bouche bée, elle regardait fixement par la vitre de notre Subaru cabossée.

– C'est encore plus magnifique que sur le catalogue, souffla-t-elle.

– Qu'est-ce que je t'avais dit ? fit mon père, un soupçon de fierté dans la voix.

Papa était déjà venu à Easton, contrairement à elle. L'année précédente, en septembre, maman était trop déprimée, et surtout trop assommée par les médicaments pour envisager de faire le long voyage entre Croton en Pennsylvanie et Easton, dans le Connecticut. C'est à peine si elle s'était souciée de mon départ. Mais depuis, les choses avaient bien changé. Ma mère n'avait pas avalé un seul cachet depuis le mois de janvier. Elle s'était remplumée, et son visage avait pris des couleurs. Enfin soucieuse de son apparence, elle se lavait les cheveux tous les jours.

Deux semaines à la maison cet été m'avaient suffi pour constater sa métamorphose. Avant de rejoindre mes parents, j'avais passé une partie des vacances avec Natasha et sa famille à Martha's Vineyard [1], où j'avais travaillé comme serveuse dans un restaurant de fruits de mer et profité de mes jours de congé pour apprendre à faire

1. Martha's Vineyard est une île située face à l'État du Massachusetts, au nord-est des États-Unis. C'est un lieu de villégiature apprécié de la jet-set américaine.

de la voile. Quand Natasha était partie pour la fac de Dartmouth, j'avais regagné Croton et trouvé la maison impeccable et fraîchement repeinte, le frigo plein à craquer, et ma mère debout, toute pimpante. Deux semaines plus tard, je n'étais pas encore complètement remise de ma stupéfaction.

– C'est magnifique ! s'exclama maman avec un sourire éclatant. Je n'arrive pas à croire que tu étudies ici.

– Moi non plus, pas vraiment, soupirai-je.

C'était vrai : cela me paraissait encore irréel de revenir dans ce lycée où j'avais vécu tant de drames. L'an dernier, à peine arrivée à Easton, j'étais tombée vraiment amoureuse pour la première fois de ma vie, et je m'étais liée d'amitié avec les filles les plus influentes du lycée. Puis le cauchemar avait commencé : j'avais appris successivement la disparition, puis la mort de mon petit ami, assassiné par...

« Stop ! Arrête de penser à ça. »

Je me renversai sur la banquette, serrai les poings et enfonçai mes ongles dans mes paumes. Tout cela appartenait au passé. Cette année, j'allais enfin pouvoir m'épanouir dans cet établissement dont j'avais tant rêvé.

Mon impatience atteignit son comble lorsque papa freina pour entrer dans la cour circulaire, bordée par les dortoirs des troisièmes et des secondes. J'aperçus Kiki Rosen et Diana Waters, qui attendaient à côté d'une berline noire qu'on décharge leurs bagages Coach et Vuitton.

Kiki avait une coupe de lutin avec une frange rose, et son éternel iPod relié aux oreilles. Diana, qui s'était laissé pousser les cheveux, était plus grande et semblait plus vieille que dans mon souvenir. Elles levèrent les yeux quand nous les dépassâmes et m'adressèrent des signes de bienvenue. Je leur répondis en souriant. C'était agréable de voir des visages familiers. L'an dernier, le jour de la rentrée, je ne connaissais personne et j'avais eu l'impression que je ne trouverais jamais ma place à Easton. Cette année, il y avait des gens pour m'accueillir. Tout serait différent, c'était certain.

Mon père alla garer la Subaru près d'une Mercedes blanche aux lignes pures et coupa le contact. Je descendis de voiture et m'étirai longuement, avant de lever les yeux vers les fenêtres de Bradwell. Certaines chambres étaient déjà décorées. Des rideaux ornaient les fenêtres, et quelqu'un écoutait Avril Lavigne à plein volume. Quelques changements étaient intervenus à Easton pendant l'été. Selon la brochure d'informations, un nouveau directeur avait pris ses fonctions et sa présence se faisait déjà sentir. Il avait notamment modifié le calendrier des arrivées, et convoqué les troisièmes et les secondes vingt-quatre heures avant leurs aînés, pour leur laisser le temps de s'installer tranquillement sur le campus.

Ma mère sortit à son tour et mit une main en visière pour regarder la façade de pierre grise.

– C'était mon premier dortoir, lui expliquai-je. Billings est derrière, dans la cour carrée.

Le seul fait de prononcer ce nom me causa une bouffée d'angoisse. En décembre dernier, Ariana Osgood, une fille que je prenais pour mon amie, avait tenté de me tuer sur le toit du bâtiment après avoir assassiné le mec que j'aimais. Enfin... que je croyais aimer. Je ne saurais sans doute jamais ce que j'avais réellement éprouvé pour Thomas Pearson, maintenant qu'il n'était plus.

J'enfonçai de nouveau mes ongles dans mes paumes. Ariana était partie. Cette année, comme au semestre dernier, je n'aurais que des amies à Billings.

Un souffle de vent balaya mes cheveux. Je levai la tête vers le soleil et soupirai.

– Voilà, c'est tout, dit mon père en frottant ses mains sur son jean. Tes camarades ont plus de bagages, c'est sûr.

Je regardai près des voitures voisines les montagnes de valises et d'emballages de matériel électronique, les monceaux de linge enfermés dans des caisses en plastique... Mes deux sacs de voyage, mon nouveau sac à dos en cuir et ma couette faisaient piètre figure en comparaison. Je récupérai dans la voiture l'ordinateur portable que m'avait offert Natasha à la fin de l'été.

« Une fille qui décroche les félicitations deux trimestres de suite ne peut pas rédiger ses devoirs sur l'ordinateur de la bibliothèque, m'avait dit mon ancienne camarade de chambre. On n'est plus à l'âge des cavernes. »

Après un premier trimestre médiocre, car chargé en émotions, j'avais pris ma revanche au printemps et j'étais sortie première de ma promo en mars, puis en juin. Natasha était fière de moi. Je souris en pensant à elle. Elle allait me manquer. Je me demandai avec qui j'allais partager ma chambre. Pourvu que ce soit avec quelqu'un de sympa. Une fille normale, avec qui j'aurais une chance de devenir amie.

Papa posa une main sur mon épaule.

– Ça va, fillette ?

– Super ! Cette année s'annonce bien, répondis-je avec un sourire confiant. Meilleure que la précédente, en tout cas...

– Ça ne devrait pas être trop difficile, plaisanta-t-il.

J'éclatai de rire, et ma mère m'imita. Je réalisai alors que, pour la première fois depuis longtemps, nous ressemblions à une famille normale. Sans histoires. C'était émouvant.

– Merci ! dis-je en serrant mon père dans mes bras.

Il m'embrassa le sommet du crâne.

– Travaille bien, fillette.

Je me tournai vers ma mère, dont les yeux brillaient de larmes. Ma gorge se noua lorsque je l'étreignis.

– Je suis tellement fière de toi, Reed, dit-elle avec hésitation.

– Merci, maman.

Puis ils remontèrent en voiture. Papa mit le contact et démarra. Alors qu'ils s'éloignaient, ma mère pressa ses doigts sur la vitre en signe d'adieu. Je levai un bras et j'attendis que la Subaru ait disparu derrière la colline pour ramasser mes affaires et me diriger vers Billings, le cœur gonflé d'espoir. Soudain, tout me semblait possible.

Déjà-vu

– Contre mon avis, le doyen vous a accordé vos deux options. La littérature contemporaine ne devrait pas vous poser de problème particulier, mais le choix de chimie supérieur, en plus de biologie supérieur la même année me paraît un peu ambitieux, même pour vous.

Les bajoues de Mme Naylor avaient pris de l'ampleur : elles pendaient si bas qu'elle aurait pu facilement les glisser dans son col. Derrière elle, des étagères croulaient sous les livres poussiéreux et certains ouvrages, qui n'y avaient pas trouvé leur place, s'empilaient simplement par terre en tas désordonnés. L'odeur d'oignon rance qui flottait dans son bureau était plus aigre que jamais, comme si une bestiole avait mangé des oignons avant d'aller mourir dans un coin.

Je glissai mon nouvel emploi du temps dans mon sac.

– Je suis sûre que le doyen ne m'aurait pas autorisée à suivre ces cours s'il doutait que j'en sois capable, répondis-je aimablement.

– Détrompez-vous. Les élèves qui remportent les félicitations ont le choix de leurs options en dépit de ce qu'en pensent les personnes mieux informées, dont je fais partie, dit-elle en secouant ses bajoues.

Je pinçai les lèvres pour ne pas rire. L'an dernier, ma conseillère d'orientation m'intimidait, mais je m'étais habituée depuis longtemps à son air revêche et méprisant. Cette année, je la trouvais surtout pathétique avec son eye-liner baveux.

– Vous vouliez me dire autre chose ? demandai-je.

Elle plissa les yeux et croisa ses doigts noueux sur son bureau.

– Non. Vous pouvez vous retirer. Mais je suis sûre de vous revoir bientôt, quand vous viendrez demander grâce...

Je me levai en raclant ma chaise sur le parquet.

– À votre place, je n'y compterais pas trop.

Je lui tournai le dos et souris en moi-même. Si Noëlle m'avait entendue ! Moi qui n'avais pas vraiment le sens de la repartie, je pensais à mon amie chaque fois qu'il m'arrivait de faire une réponse bien sentie.

En sortant dans la cour ensoleillée, je me demandai où était Noëlle Lange en ce moment. Pensait-elle à Easton ?

Regrettait-elle son ancien lycée ? Au printemps, j'avais entendu dire que les avocats de son père s'étaient démenés pour faire lever l'accusation d'enlèvement qui pesait sur elle. Sa punition s'était alors considérablement allégée, et elle avait simplement écopé de travaux d'intérêt général, accompagnés d'une période de probation. Toutefois, ce n'étaient que des informations de seconde main. J'avais entendu la voix de mon amie pour la dernière fois le jour de Noël, quand elle m'avait téléphoné pour me convaincre de revenir à Easton au second trimestre. Depuis, plus rien : pas un coup de fil, pas un mail, rien. Elle me manquait, même si je me sentais parfois comme délivrée de sa présence envahissante.

Enfin, une chose était sûre : sans Noëlle, je n'aurais pas été là. Tout d'abord, je ne serais plus en vie, et ensuite, je ne serais pas à Easton si elle ne m'avait pas fait promettre de m'accrocher. Sans elle, je serais au lycée de Croton, en train de regarder cet imbécile de Tommy Colon faire des gestes obscènes dans le dos du proviseur.

– Passe ! Passe !

Une dizaine de garçons disputaient un match de foot sur la pelouse, au milieu de la cour carrée. Ils avaient remonté leurs manches de chemise et troqué leurs mocassins contre des baskets ou des chaussures à crampons. Je m'arrêtai net, frappée par une impression de déjà-vu. Puis j'entendis mon prénom et je manquai défaillir.

Thomas…

Je regardai par terre. J'étais à l'endroit précis où nous avions failli nous rentrer dedans, l'an dernier. Lorsque nous nous étions croisés pour la première fois…

Mes oreilles se mirent à bourdonner et mes doigts me picotèrent. Thomas s'était tenu là. Exactement là…

– Reed !

Je fis volte-face, encore toute retournée, et vis Josh Hollis débouler sur moi comme un ouragan. Il me prit dans ses bras et me souleva de terre.

– Salut ! soufflai-je.

J'enfouis mon visage dans le creux entre son cou et son épaule. Il avait toujours la même odeur : un mélange de feuilles vertes et de peinture fraîche. Quel bonheur de le retrouver ! Je ne l'avais pas vu depuis le dernier jour de classe, en juin, et bien que l'été m'ait paru interminable sans lui, il me sembla soudain que nous nous étions quittés la veille.

– Si tu savais comme tu m'as manqué ! dit-il avant de me plaquer un baiser sur les lèvres.

– À moi aussi, tu m'as manqué, gloussai-je.

J'avais gloussé ? Ça alors. Pas du tout mon genre !

Josh voulut me reposer, mais nos pieds s'emmêlèrent et nous basculâmes dans l'herbe en riant. Son visage se retrouva au-dessus du mien. La joie faisait pétiller ses yeux verts ; ses boucles blond foncé étaient coupées court, mais une mèche rebelle s'échappait de derrière son oreille droite.

– Hummm.

Il me regarda d'un air coquin.

– C'est tentant...

– C'est vrai, fis-je, le cœur battant à cent à l'heure.

Josh jeta un bref coup d'œil alentour pour vérifier qu'aucun adulte ne rôdait dans les parages, puis se pencha pour m'embrasser. Un baiser si passionné qu'il nous attira des sifflets et des quolibets de ses camarades.

Josh se redressa et fit courir ses doigts de ma tempe à mon menton. Il avait le souffle court.

– L'été prochain, déclara-t-il calmement, on reste ensemble.

Tradition, honneur, intimidation

– Reed !

Constance Talbot déboula dans la chapelle, remonta l'allée en courant et se jeta à mon cou avant que j'aie pu me lever de mon banc. Nous nous cognâmes la tête et elle se laissa tomber à sa place avec une grimace.

– Ouille ! Désolée. Je suis un peu surexcitée, dit-elle en se frottant le front.

Elle avait la peau rose de soleil sous ses taches de rousseur et ses cheveux roux, que j'avais toujours connus bouclés, étaient impeccablement lissés. Elle portait un T-shirt blanc et un long gilet gris à torsades sur une minijupe écossaise. Des taches de lumière colorée tombées des vitraux dansaient sur son visage.

– Ça va ? Tu es super belle, remarquai-je.

Elle balança sa crinière par-dessus son épaule.

– Ouais. J'ai un nouveau fer à lisser, une merveille ! Toi aussi, tu es canon. On dirait une surfeuse ! Je tuerais pour avoir un bronzage pareil !

– J'ai la peau de ma mère. Elle est à moitié indienne, expliquai-je.

– Ah, c'est cool ! Tu ne me l'avais jamais dit.

Constance plissa le front et soupira :

– En fait, je ne sais absolument rien de ta famille.

– Je n'en parle pas souvent, admis-je.

Encore une chose qui allait changer…

– Alors, tu as passé un bon été ? demandai-je.

Comme nous avions échangé des mails pendant toutes les vacances, j'avais déjà eu un aperçu des siennes et je l'interrogeais surtout pour la forme. Constance et ses parents avaient rejoint les Whittaker dans leur maison du Cap. Avec Whit, ils avaient passé leurs soirées sur la plage, à roucouler devant la mer en regardant les vagues s'écraser sur le sable. Tout un programme…

– C'était super ! s'exclama-t-elle. Sauf que… je n'ai pas reçu d'invitation de Billings.

Je clignai des yeux. Un brouhaha assourdissant emplissait la chapelle, qui se peuplait peu à peu.

– Ah… j'avais oublié ce détail.

En général, chaque année au printemps, les pensionnaires de Billings choisissaient de nouvelles recrues pour remplacer les terminales sur le départ. Toutefois, en mai dernier, les anciennes élèves de Billings nous avaient envoyé une lettre – une directive, plutôt – nous déconseillant de lancer des invitations après ce qui s'était passé, arguant que ce serait malvenu. Il y avait donc six places vacantes dans le dortoir, et j'ignorais si quelqu'un avait prévu de les attribuer.

– Ouais, j'imagine que je ne corresponds pas aux critères, ironisa Constance. Alors, qui a été invité ? Tu peux me le dire. Je suis capable de l'entendre.

– En fait, pour autant que je sache, personne n'a été invité. On n'a pas voté, ni rien. J'imagine que je ne vais pas tarder à savoir ce qu'il en est. Tu as peut-être encore une chance...

– Tu crois ? s'écria Constance.

L'espoir lui fit ouvrir grand les yeux et je me mordis les lèvres. J'aurais mieux fait de me taire. À présent, elle serait effondrée si elle n'était pas admise.

– Ne crie pas victoire tant que je n'ai pas d'infos, lui conseillai-je. Mais franchement, après ce qu'on a vécu l'an dernier, je m'étonne que des filles aient encore envie d'entrer à Billings.

Non seulement je le pensais, mais je me disais que cet argument la consolerait plus tard, si elle restait sur la touche.

– Tu plaisantes ! Même un meurtre ne pourrait pas ternir l'aura de Billings, lâcha-t-elle, avant de plaquer une main devant sa bouche. Excuse-moi…

– Ce n'est pas grave, dis-je en me forçant à sourire.

Je me demandai si Constance avait raison. Si le meurtre de Thomas, la culpabilité d'Ariana, et le fait que j'avais moi-même frôlé la mort… si tout cela n'avait pas suffi à entamer la réputation de la maison Billings. Cette idée me rendait vaguement nauséeuse.

– Non, sérieux, je m'en veux à mort d'avoir dit ça, insista Constance. Tu dois me trouver hyper…

Les portes de la chapelle se refermèrent bruyamment, m'épargnant d'avoir à subir plus longtemps son verbiage. Diana se pencha par-dessus Constance pour me saluer. En l'imitant, je vis une grande fille svelte à la peau marron clair et aux longs cheveux bruns s'asseoir à l'extrémité du banc. Elle regarda autour d'elle avec hésitation avant de s'emmitoufler dans un fin châle turquoise. Avec ses nu-pieds à lanières dorées, sa robe minuscule et sa peau fraîche, elle semblait tout juste descendue d'un avion en provenance des Caraïbes. C'était une nouvelle, forcément. Quiconque était déjà entré dans la chapelle d'Easton savait que même par grosse chaleur, il y faisait glacial. Nous avions tous apporté des pulls. Elle devait être frigorifiée.

– Regardez, miss Hawaii, ricana Missy Thurber derrière moi.

Missy portait un top moulant qui soulignait son opulente poitrine, et ses cheveux blonds étaient tressés avec soin, mais ni le T-shirt ni la natte ne pouvaient faire oublier ses narines démesurées : de véritables tunnels.

– Elle a des boucles d'oreilles en coquillage ? chuchota Lorna Gross, la groupie indéfectible de Missy.

Lorna, qui ne brillait pas par son originalité, portait chaque jour une copie conforme de la tenue qu'avait arborée Missy la veille. Ainsi, quiconque avait manqué les vêtements et accessoires très *Teen Vogue* de Missy, pouvait les admirer sur Lorna le lendemain. Ce jour-là, il s'agissait d'une robe en jersey noir et de boucles d'oreilles en diamant.

Je levai les yeux au ciel et fis un sourire de bienvenue à la nouvelle, qui tourna la tête sans le voir. Elle regardait fixement deux garçons de troisième qui allumaient les lanternes au fond de la chapelle. Le rituel avait commencé.

On frappa un coup sonore à la porte d'entrée. Au même instant, un homme de grande taille, aux cheveux blancs et au menton impérieux, s'installa derrière le lutrin. Tout en lui exprimait la rigidité, depuis le col de sa chemise blanche jusqu'aux plis impeccables de son pantalon gris. Un petit drapeau américain était épinglé sur sa cravate rouge. L'homme me rappelait un personnage de patriarche distingué, dans le soap insipide que la petite sœur de Natasha avait regardé passionnément tout l'été.

Des murmures s'élevèrent çà et là.

– C'est sûrement le nouveau directeur, chuchotai-je à Constance.

– Il s'appelle Cromwell, confirma-t-elle. Il a étudié ici, genre, il y a un million d'années.

Un ancien d'Easton... Intéressant ! Je suivis sa progression, tandis qu'il remontait l'allée centrale à grands pas, raide comme un piquet. Il s'arrêta devant la porte et prit la parole :

– Qui demande à entrer dans ce lieu sacré ?

– Des esprits curieux en quête de savoir, lui répondit-on.

– Dans ce cas, soyez les bienvenus !

Les portes s'ouvrirent sur Cheyenne Martin et Lance Reagan, auréolés de soleil. Je n'avais pas encore revu Cheyenne, qui vivait à Billings avec moi, et sa beauté me stupéfia. Ses cheveux blonds étaient coupés au carré, et le grain de sa peau diaphane était parfait. Elle ne portait qu'un soupçon de maquillage : du blush, un brillant à lèvres rose et du mascara, et m'évoquait une jeune première à un gala de charité, avec sa jupe longue et son boléro. Lance et elle marchèrent vers le pupitre en portant le gros livre de la tradition. Lorsqu'ils passèrent devant le banc des garçons de terminale, je vis Trey Prescott, toujours aussi beau avec une chemise blanche qui mettait en valeur sa peau mate. Il n'accorda pas un regard à Cheyenne, et son attitude exprimait même une certaine hostilité à son encontre. J'en conclus que leur idylle n'avait pas survécu à l'été.

Cheyenne et Lance posèrent leur livre sur le pupitre et entonnèrent à l'unisson la devise de l'école :

– Tradition, Honneur, Excellence.

– Tradition, Honneur, Excellence, fit en réponse le chœur de nos voix.

Les portes de la chapelle se refermèrent ; le directeur redescendit l'allée et alla prendre place derrière le pupitre. Il survola longuement l'auditoire du regard, scrutant nos visages attentifs. Le petit sourire méprisant qui flottait sur ses lèvres indiquait qu'il n'était pas le moins du monde impressionné.

– Mesdemoiselles et messieurs, je vous souhaite la bienvenue à l'Académie d'Easton à l'aube de cette nouvelle année, commença-t-il d'une voix basse et autoritaire. Je m'appelle M. Cromwell et je suis votre nouveau directeur. Je suis honoré d'avoir été choisi par mes pairs pour prendre la barre de cet établissement et le faire entrer dans une nouvelle ère. Sachez que, à partir d'aujourd'hui, nous faisons table rase du passé. À partir d'aujourd'hui, nous ne sommes plus une communauté déchirée par le scandale et la tragédie. Nous avons eu le temps de panser nos blessures et nous devons désormais regarder vers l'avenir. Un avenir qui rimera avec espoir, intégrité, savoir et respect.

Constance et moi échangeâmes un regard impressionné.

– Vous devez savoir que je n'accepterai que le meilleur venant de vous. Je ne souffrirai aucune insolence, aucune indiscrétion ni aucune preuve d'immaturité. Je sanctionnerai sévèrement toute attitude qui pourrait nuire à cet établissement. Écoutez-moi, et entendez-moi bien. Les choses vont changer !

Il avait prononcé ces derniers mots avec lenteur, comme pour les marteler dans nos cerveaux adolescents. J'étais non seulement impressionnée, mais aussi un peu inquiète. Et, à voir les expressions de mes camarades, je n'étais pas la seule.

– À partir d'aujourd'hui, chacun, chacune d'entre vous devra œuvrer à construire une nouvelle Académie d'Easton, reprit-il d'une voix de dictateur. Cette école sera bientôt réputée pour forger les caractères et former l'élite de la nation.

Comme pour lui donner la réplique, un long bruit de pet retentit dans la chapelle. Les bancs des terminales grincèrent, et je vis leurs occupants danser d'une fesse sur l'autre. Un gloussement fusa, que j'attribuai avec certitude à Gage Coolidge.

L'auditoire se crispa et je retins mon souffle. Le directeur darda un regard noir dans le fond de la chapelle, puis il hocha la tête à l'intention d'une silhouette sombre, postée derrière lui.

– M. White, s'il vous plaît...

Un homme mince mais musclé, aux joues creuses de vampire et aux cheveux blonds presque blancs, s'avança dans l'allée et s'arrêta devant le banc où Gage était assis. Il se pencha et, le doigt en crochet, fit signe à ce dernier de se lever. C'était sinistre.

Personne ne broncha. Gage rentra la tête dans les épaules et la secoua, comme pour signifier qu'il refusait de bouger. L'homme se pencha davantage et réitéra son geste. Gage, rouge betterave, se déplia péniblement et suivit le zombie dehors.

– C'est qui, ça ? siffla Missy derrière moi.

– Le nouveau videur ? suggérai-je à mi-voix.

Nous fûmes nombreux à sursauter quand la porte de la chapelle se referma en claquant.

– Où en étais-je ? demanda Cromwell, presque guilleret. Ah oui ? Cette année, j'ai institué un programme de tutorat. Certains d'entre vous ont été choisis pour guider et conseiller les nouveaux élèves, principalement des troisièmes. En sortant, soyez aimables d'aller vérifier dans vos boîtes aux lettres si vous avez eu cet honneur.

Missy et Lorna grognèrent et beaucoup d'autres échangèrent des regards consternés.

La cérémonie dura encore vingt minutes, pendant lesquelles on aurait entendu une mouche voler.

Le moins que l'on puisse dire, c'est que le nouveau directeur ne faisait pas l'unanimité.

Une revenante

– C'est n'importe quoi, commenta Missy en sortant dans la cour.

Quand elle était énervée, ses narines se dilataient tellement qu'elle semblait prête à cracher du feu.

– Ouais. Comme si les choses pouvaient changer ici, compléta Lorna Gross.

Elle, en tout cas, elle avait changé : ses cheveux bruns avaient poussé, et elle s'était fait refaire le nez. Je l'aurais presque trouvée jolie, si elle avait eu un semblant de personnalité.

– Je ne sais pas… J'ai quand même l'impression que c'est différent, cette année. Pas vous ? demandai-je en me tournant vers Constance, Kiki et Diana.

Je savais que Missy et Lorna me traiteraient avec mépris, si jamais elles prenaient la peine de me répondre.

– À quoi tu penses, Brennan ? me demanda Diana en riant. Pour moi, c'est toujours notre bon vieux bahut.

– Peut-être que le lycée te paraît changé parce que cette salope de Noëlle Lange n'est plus là pour faire sa loi, dit Missy avec un rictus supérieur.

Je me raidis, mais ne relevai pas l'insulte. Je savais pertinemment que si quelqu'un se réjouissait du départ de mon amie, c'était bien Missy Thurber. L'an dernier, Noëlle lui avait dit très clairement qu'elle n'entrerait jamais à Billings, bien que sa mère y ait vécu. Noëlle partie, Missy retrouvait ses chances. Sauf si on me demandait mon avis, bien entendu.

– Elle t'a donné des nouvelles, cet été ? me demanda Constance. Tu sais ce qu'elles deviennent, elle et ses amies ?

Tous les regards se tournèrent vers moi. J'étais la seule de notre petit groupe à avoir été en contact avec les quatre filles qui faisaient le jour et la nuit à Billings... pour ne pas dire à Easton. Mes camarades me dévoraient des yeux comme si je détenais le savoir, moi qui avais côtoyé la grandeur. C'est donc la mort dans l'âme que je répondis :

– Non. Je n'ai pas eu de nouvelles.

Ce n'était pas faute d'avoir essayé. Hélas ! Noëlle, Kiran et Taylor avaient toutes changé d'adresse e-mail et de numéro de téléphone. À chaque tentative, je recevais un message d'erreur dans ma boîte aux lettres, ou j'entendais une voix nasillarde me dire que le numéro n'était plus en service. Après un temps, j'avais accepté l'idée qu'elles étaient passées à autre chose. Sans moi. Natasha prétendait que j'aurais dû me réjouir d'être débarrassée d'elles, et peut-être qu'elle n'avait pas complètement tort. Ça n'en était pas moins douloureux.

Missy pouffa, leva les yeux au ciel et se remit à marcher. Lorna lui emboîta le pas. J'avais une envie terrible de cogner leurs têtes l'une contre l'autre, mais je m'obligeai à garder les mains dans le dos.

– J'ai entendu dire qu'Ariana était enfermée dans un hôpital psychiatrique, dans le Sud-Ouest, un truc comme ça, signala Diana.

J'avais entendu à peu près la même chose, si ce n'est que ma source situait cet hôpital en question dans l'État de New York. Quand je pensais à Ariana, je l'imaginais dans une camisole de force, ses yeux bleu clair perdus dans le vague, occupée à planifier son prochain crime, façon Hannibal Lecter. Je devais secouer la tête pour chasser cette image et faire disparaître l'affreux picotement qui descendait le long de ma colonne vertébrale.

– Taylor Bell vit au Portugal, dit Lorna.

– À Prague, corrigea Missy.

– Non, non ! intervint Kiki, qui parlait pour la première fois d'une voix tonitruante, car son iPod mugissait dans ses oreilles. Elle est en désintoxication.

– Quoi ? m'étonnai-je. Non. Taylor ne buvait pas tellement.

– Médocs, répliqua Kiki d'un ton grave.

– Moi, je suis sûre à cent pour cent que Kiran vit à Paris et bosse comme mannequin, dit Diana. J'ai vu sa nouvelle affiche CK sur les Champs-Élysées pendant l'été, et ma mère connaît le photographe. Il paraît qu'elle est hyper pro, maintenant. Plus de fiestas, plus de nuits blanches, plus de régimes délirants. Après le boulot, elle rentre chez elle pour bouquiner.

– Ah, ça, je suis sûre que c'est faux ! m'écriai-je.

– C'est quand même bizarre qu'aucune d'elles ne soit revenue…, dit Constance.

Nous étions arrivées à l'endroit où nos chemins se séparaient. Le sentier de droite menait à Billings, et celui de gauche à Pemberly, un autre dortoir réservé aux filles de première et de terminale.

– Je veux dire, si elles ne sont pas en prison, ni rien, qu'est-ce qui les empêche de revenir ?

– La honte, évidemment, suggéra Missy, sarcastique.

Elle examina l'extrémité de sa natte avant de la rejeter par-dessus son épaule.

– De toute manière, ce sont toutes des malades mentales. On se porte mieux sans elles.

Je serrai les poings, mais ne pus m'empêcher de l'apostropher :

– Tu as un problème, toi, hein...

– Un problème ? répéta Missy en se tournant brusquement vers moi. Je ne te comprends pas, Brennan. J'aurais pourtant cru que tu serais la première à te réjouir de voir Noëlle Lange et sa clique débarrasser le plancher. Elles ont quand même assassiné ton mec...

– Tu dis n'importe quoi ! C'est Ariana la coupable. Les autres ont seulement fait une erreur, répliquai-je, contenant difficilement ma fureur.

Même si, au fond de moi, je savais qu'elle avait en partie raison, je ne supportais pas de l'entendre juger Noëlle, elle qui ne lui arrivait pas à la cheville.

– C'étaient mes amies, ajoutai-je.

– Géniales, les amies ! enchaîna Missy, moqueuse. Ça doit être pour ça que tu n'as jamais pu me sentir. Je ne suis pas une psychopathe.

– Espèce de...

– Tiens ! m'interrompit Lorna. Une revenante...

Je fis volte-face, m'attendant presque à voir Noëlle, Kiran ou Taylor. Mais la fille qui marchait vers nous avait des traits anguleux, la peau d'un blanc laiteux et de très longs cheveux noir corbeau. Elle nous dépassa en posant sur nous un regard vaguement dégoûté, tel un naturaliste découvrant une espèce inconnue aux mœurs répugnantes. Son regard glacial me fit frissonner malgré le soleil étincelant. J'étais convaincue qu'elle n'était pas à Easton l'an dernier. Je l'aurais forcément remarquée.

– Salut, Ivy ! lança Diana d'un ton jovial. Comment...

Elle n'eut pas l'occasion d'achever sa phrase : la fille était déjà hors de portée de voix, et s'éloignait comme si elle n'avait rien entendu.

– Salope, souffla Missy.

– Pétasse, ajouta Lorna à voix basse.

Je regardai fixement ladite Ivy jusqu'à ce qu'elle pousse la porte de Pemberly, si fascinée que j'en avais complètement oublié ma prise de bec avec Missy.

Une pupille

– Elle s'appelle Ivy Slade, me dit Josh en passant ses doigts entre les miens. Elle étudiait ici il y a deux ans, mais on ne l'a pas vue l'année dernière. À l'époque, elle partageait une chambre à Billings avec Taylor Bell.

Il n'en fallait pas davantage pour piquer ma curiosité.

– Tu es drôlement bien informé, remarquai-je.

Après tout, Josh n'avait passé qu'un an à Easton. Comme moi.

– Gage est aussi pipelette qu'une fille, expliqua Josh.

Il porta ma main à ses lèvres et embrassa mes doigts l'un après l'autre.

– Il prétend qu'ils ont eu une histoire. Une histoire sérieuse.

– Une relation sérieuse avec Gage, murmurai-je, dubitative. C'est difficile à imaginer.

– J'ai dit relation ? Je me suis mal exprimé. Je voulais dire qu'ils ont couché ensemble, précisa Josh. Dans tout le campus. Enfin, c'est ce qu'il raconte.

Je hochai la tête. Voilà qui expliquait sans doute l'insulte que Lorna avait lancée dans le dos d'Ivy.

– Bon, j'en sais assez. Si on parlait d'autre chose...

Les ébats d'Ivy et Gage ne m'intéressaient pas, mais je classai l'info concernant Taylor. Peut-être qu'Ivy et elle étaient amies, à l'époque. Peut-être même qu'elles l'étaient toujours, et qu'Ivy savait où trouver Taylor... Après tout ce qu'on avait traversé, j'étais curieuse de savoir ce que devenaient les filles Billings. Même si elles, à en croire leur silence, se fichaient éperdument de moi.

– D'accord.

Josh lâcha ma main droite pour prendre la gauche et déposa de nouveaux baisers sur mes doigts, méthodiquement.

– Qu'est-ce que tu fabriques ? lui demandai-je en riant.

– J'ai prévu d'embrasser toutes les parties de ton corps avant la fin de cette semaine, dit-il sur un ton neutre.

– Toutes ? m'écriai-je en rougissant.

Josh eut un sourire taquin.

– Enfin... celles que tu m'autoriseras à embrasser.

– Ah ! Voilà qui te ressemble plus.

Je me penchai vers lui et effleurai ses lèvres.

– Vous serez le premier cliché de ma galerie ! claironna une voix.

Nous nous séparâmes brusquement. Tiffany Gilbourne fonçait vers nous, son éternel appareil photo à la main, un grand sourire aux lèvres.

– Tu viens vraiment de nous prendre en photo ? lui demandai-je.

– Oui. Pour montrer à vos futurs petits-enfants comme vous étiez mignons.

Elle fit claquer des bises dans l'air près de nos joues, comme à son habitude, puis recula pour m'inspecter de la tête aux pieds.

– Reed, tu es encore plus photogénique qu'avant l'été. Quels cheveux ! Quelle peau !

– C'est toi qui me dis ça, répondis-je en riant.

Tiffany vivait à Billings, et nous avions eu l'occasion de faire plus ample connaissance au printemps dernier. C'était une grande fille souple, à la peau ébène et aux cheveux très courts. Elle aurait pu être top model, sans aucun doute, mais elle préférait sa place derrière l'appareil photo. Où qu'elle soit, quoi qu'elle fasse, elle en avait un sur elle : un reflex argentique d'antan ou un minuscule appareil numérique, selon les jours. C'était notre paparazzi à nous, sauf que tout le monde l'adorait.

– Arrête, dit-elle en rougissant. Promets-moi de me laisser te photographier cette année…

– On verra, lançai-je, amusée.

Tiff avait passé les deux derniers trimestres à essayer de nous convaincre tous et toutes de poser sous différentes lumières pour son projet artistique de fin d'année. J'avais beau apprécier son énergie positive, je m'étais suffisamment retrouvée sous les projecteurs et je n'avais pas manqué d'astuce pour me cacher à son regard. Finalement, Cheyenne était devenue la star de l'expo, et Tiffany avait obtenu une excellente note.

– Ah ! s'écria-t-elle. Voilà London et Vienna. Je vais faire ma première photo des villes jumelles de l'année !

Sur ces mots, Tiffany repartit, naviguant parmi des hordes de troisièmes qui vérifiaient pour la première fois leurs boîtes aux lettres.

– Si on allait voir ce qu'on a reçu, me proposa Josh en montrant du menton les nôtres.

J'ouvris rapidement la mienne, qui contenait une feuille bleue pliée en deux. J'avais déjà vu plusieurs personnes avec le même papier, et l'air accablé. Je savais donc déjà que j'avais été épinglée.

« Félicitations Mademoiselle Brennan, disait le mot dactylographié. Vous avez été sélectionnée par l'Académie d'Easton pour conseiller Sabine DuLac, élève de première et résidente de la maison Billings. Pour toute question, prière de contacter votre conseillère d'orientation, Mme Naylor. »

– Ils ont dû se tromper, murmurai-je.

– Pourquoi ? Tu crois que tu n'es pas digne de prendre un oisillon sous ton aile ? plaisanta Josh.

Josh s'en tirait pépère, alors qu'il faisait partie des élèves les plus brillants d'Easton. Je devinai que l'administration avait décidé de lui faire grâce de cette obligation, après le stress qu'il avait subi l'an dernier. Quand votre camarade de chambre est assassiné et qu'on vous accuse par erreur, vous méritez bien une dispense. En revanche, aucune clémence pour la petite amie de la victime. Mais ce n'était guère étonnant. Pour un type comme Cromwell, le statut de camarade de chambre est officiel, contrairement à celui de petite amie.

Cette année, Josh partageait sa chambre avec Trey, l'archétype du petit Américain modèle, qui faisait le tour du campus en jogging chaque matin, s'était vu décerner le titre de meilleur buteur de l'équipe de foot, et que toutes les facs du pays courtisaient. Il ne dealerait pas de drogue, ne rentrerait pas saoul au milieu de la nuit, et personne n'aurait envie de lui faire du mal.

Entendons-nous bien : je ne rendais pas Thomas responsable de ce qui lui était arrivé. Simplement, avec le recul, je comprenais qu'il n'était pas facile d'entretenir des relations paisibles avec lui.

– Ce n'est pas ça, dis-je à Josh en lui tendant le papier. Ce qui m'intrigue, c'est que ma « pupille » est censée vivre à Billings. Or, on n'a pas encore choisi de nouvelles résidentes. Enfin, pas que je sache. Les autres l'ont peut-être fait sans moi.

Vu mon expérience passée, cela ne m'aurait pas tellement étonnée.

Josh haussa les épaules et me reprit la main.

– Ils ont dû se tromper.

Il m'embrassa le petit doigt, puis l'annulaire. Un long frisson me parcourut.

– Il va falloir que tu arrêtes, suggérai-je à mi-voix. Je suis tuteur, maintenant. Je dois surveiller mon image.

– Montre-moi ce truc, fit-il en me prenant le papier des mains. Sabine DuLac ? Ça fait très noblesse française. Elle ne doit pas être facile à choquer.

Il se penchait pour m'embrasser de nouveau quand London et Vienna, les villes jumelles, arrivèrent en trombe. Elles avaient des bronzages identiques, les mêmes mèches claires et les mêmes décolletés plongeants.

– Reed ! Viens vite ! Il y a une réunion à Billings avant le premier cours, et on est déjà en retard. Cheyenne va être furax.

Pour nous laisser le temps de nous installer, l'administration nous avait partiellement dispensés de cours. Mais connaissant Cheyenne, j'étais sûre qu'elle saurait employer notre temps libre. Je soupirai. C'était sans doute mieux que je parte maintenant, de toute manière, avant que Josh et moi ne fassions quelque chose de tout à fait déplacé, en public. J'avais l'impression que Cromwell n'était pas du genre à badiner avec la bienséance.

– Bon, je dois y aller, lui dis-je à regret.

Je lui déposai un rapide baiser sur la bouche et me forçai à faire demi-tour pour suivre mes camarades. Josh me saisit le poignet, m'arrêtant à mi-course, et m'attira à lui.

– Josh, et si un prof...

Il me fit taire en appliquant ses lèvres sur les miennes, se pressa contre moi et m'embrassa avec tant de fougue que j'en oubliai les professeurs et tout le reste. C'est à peine si je sentais les petites poignées de métal des boîtes aux lettres s'enfoncer dans mon dos. Ce baiser m'embrasait.

– Voilà, tu peux y aller maintenant, m'autorisa Josh avec un sourire espiègle.

Je le regardai en clignant des yeux, les paupières lourdes.

– C'est par où, déjà ?

Il rit et me prit par les épaules pour m'orienter vers la porte, où London et Vienna m'attendaient avec un rictus moqueur.

– Toi, on dirait que tu es contente d'être rentrée, me taquina London.

B comme Billings

– Bienvenue, tout le monde !

Au rez-de-chaussée de la maison Billings, Cheyenne, debout à l'extrémité d'une longue table qui occupait tout le salon, pressait sur le plateau ses mains aux ongles parfaitement manucurés. Les fauteuils confortables et les canapés avaient disparu, et l'on avait relégué dans un coin l'immense télé à écran plat. Six écrins roses étaient empilés au centre de la table pour former une pyramide. Face aux dix chaises disposées autour – une à chaque bout et quatre de chaque côté – se trouvait un écrin identique, un bloc de papier, un stylo et une carte de placement. On m'avait attribué le dernier siège à droite, quasiment à l'opposé de Cheyenne. Mon prénom, comme les autres, était calligraphié en rose.

– Venez vous asseoir ! nous pressa Cheyenne. On a beaucoup de choses à faire en très peu de temps !

Les autres filles, qui bavardaient en petits groupes dans la pièce, obéirent docilement. Je m'assis sur ma chaise et la frêle Rose Sakowitz, qui partageait la chambre de Cheyenne l'an dernier, prit place à ma gauche, en bout de table. Rose, si menue qu'on craignait toujours de voir une bourrasque l'emporter, s'était légèrement étoffée pendant l'été, mais elle devait toujours s'habiller en dix ans, au maximum. J'aurais pu me faire un bandeau avec sa jupe.

– Salut, Reed ! chuchota-t-elle en me gratifiant d'un sourire chaleureux.

– Salut ! murmurai-je en retour. Ça me fait plaisir de te revoir.

– À moi aussi. Tu as passé de bonnes vacances ?

– Mesdemoiselles, s'il vous plaît ! nous rabroua sèchement Cheyenne.

Voilà. Le ton était donné. Au printemps dernier, Cheyenne, décidée à prendre les rênes de la maison Billings, avait fait une véritable crise d'autorité. Seule candidate au poste de présidente, et par conséquent élue à l'unanimité, elle avait nommé London et Vienna vice-présidentes, Rose trésorière et Tiffany historienne (ce qui revenait à dire gratte-papier). Puis elle avait fait en sorte d'occuper tout notre temps libre en organisant des goûters, des fêtes, des collectes, des escapades d'un jour... autant d'occupations très amusantes. Mais à force, le pouvoir lui était monté à la tête. Je regrettais parfois la Cheyenne d'avant, qui m'avait témoigné une certaine sympathie. Plus je la fréquentais, plus il me semblait évident qu'elle montrait enfin son vrai visage. À Noël dernier, alors qu'elle tentait de renverser Noëlle, elle avait été tout miel avec moi. Maintenant que mon amie était partie, elle ne se souciait plus d'être aimable.

– Avant tout, laissez-moi vous souhaiter un joyeux retour à Billings, commença Cheyenne, tandis que Tiffany la prenait en photo. J'espère que vous avez toutes passé d'excellentes vacances. J'adorerais entendre le récit de vos tours d'Europe et de vos voyages au Cap, mais pour l'instant, nous devons parer au plus pressé.

Elle prit le temps de sourire avant d'enchaîner :

– Je devine que vous brûlez de savoir ce que contiennent ces petites boîtes, alors, n'attendez plus !

London glapit et s'empara de la sienne comme un chien affamé se jette sur un steak.

Quant à moi, j'avais déjà oublié l'écrin posé devant moi. Je l'ouvris tout de même et découvris un pendentif : un minuscule B incrusté de diamants, sur une fine chaîne en or. Mes voisines poussèrent des « ooh » émerveillés et s'empressèrent d'enfiler les bijoux.

– Cheyenne, c'est dé-li-cieux ! chantonna Vienna, qui aidait London à fermer sa chaîne.

– C'est parfait, ajouta London. Maintenant, tout le monde saura qui est une fille Billings et qui ne l'est pas.

Je souris en moi-même. Comme si ce n'était pas déjà le cas…

– Merci, Shy, tu es géniale ! susurra Portia Ahronian.

Elle ajouta le bijou aux cinq ou six chaînes en or qu'elle portait déjà autour du cou. Je n'avais pas eu l'occasion de faire vraiment la connaissance de Portia l'année précédente, mais j'avais constaté qu'elle aimait faire la fête et se passionnait pour les bijoux. C'était une vraie fashionista, qui prendrait probablement la relève de Kiran à Billings. Elle avait aussi la manie de parler à grand renfort d'abréviations, dont la plupart m'échappaient.

– Ce n'est pas moi qu'il faut remercier, mais le fonds des anciennes de Billings, dit Cheyenne.

Je remarquai qu'un B scintillait déjà sur sa peau laiteuse. Est-ce que je rêvais, ou est-ce qu'il était plus grand que les autres ?

– Le fonds des anciennes de Billings ? répétai-je.

– Enfin, Reed, tu n'as vraiment rien appris l'an dernier ? me demanda Cheyenne en riant.

– Les anciennes pensionnaires de Billings y contribuent toutes chaque mois, expliqua Rose. C'est ainsi qu'on a payé les fêtes et les sorties qu'on a organisées l'an dernier.

Intéressant. C'était la première fois que j'entendais parler de cette cagnotte, mais cela n'avait rien d'étonnant.

L'an dernier, on m'avait sciemment laissée ignorer un tas de choses.

Rose m'offrit de m'aider à attacher ma chaîne, et je me tournai. Le pendentif était froid et délicat.

– Il faut qu'on se prenne en photo ! annonça Tiffany. Rassemblez-vous toutes !

– Après la réunion ! déclara Cheyenne, cassante.

Celles qui s'étaient levées se rassirent.

– On a beaucoup de pain sur la planche, continua-t-elle.

Elle sortit un dossier en plastique rose de son sac Kate Spade et l'ouvrit.

– En temps normal, nous choisissons nos futures camarades de Billings au printemps, avec l'aide des terminales qui s'en vont… c'est là que nous lançons nos invitations. Mais avec ce qui s'est passé l'an dernier, cela nous semblait un peu déplacé.

« On nous avait surtout ordonné de ne pas le faire, mais je t'en prie, Cheyenne, fais semblant d'avoir pris cette décision toi-même. »

– Aujourd'hui, nous devons remplir les places vacantes, et rapidement. Mais je suis sûre que nous sommes capables de relever ce défi…

Cheyenne tendit une pile de papiers à Tiffany sur sa droite, puis une autre à Vienna, assise à sa gauche.

– Trouvez les pages qui portent votre nom et faites passer les autres, leur commanda-t-elle. Il y a une centaine de filles en première à Easton. Nous devons en sélectionner six.

Je jetai un coup d'œil sur les boîtes empilées au milieu de la table. Six filles. Six pendentifs de plus...

– Chacune de vous devra contrôler au moins dix candidates, continua Cheyenne.

– Contrôler ? répétai-je en récupérant les feuilles qu'on venait de poser devant moi.

Je grimaçai en découvrant le nom inscrit sur la première page. Lorna Gross. Sous son affreuse photo de classe de l'an dernier figurait un semblant de CV : sa date de naissance, son adresse, ses notes de seconde, les clubs dont elle faisait partie et les sports qu'elle pratiquait. Suivait un petit topo sur les membres de sa famille et les revenus de ses parents. On apprenait même où ils avaient passé leurs vacances depuis dix ans. Qui sait comment Cheyenne s'était procuré ces informations... Je tournai la page et souris. Kiki Rosen. Pour moi, Kiki, qui était une excellente élève en plus d'être super sympa, avait tout à fait sa place à Billings. Mais je n'aurais jamais cru que ses parents étaient aussi riches !

– Vous commencerez par convoquer chacune de vos filles, afin de les rencontrer et de vous entretenir avec elles, dit Cheyenne. Assurez-vous qu'elles sont dignes de vivre à Billings et qu'elles en ont vraiment envie.

Elle contourna la table d'un pas impérieux avant de poursuivre :

– Ensuite, et c'est le plus important, vous les surveillerez à leur insu. Vous observerez leur comportement lorsqu'elles se croient à l'abri des regards. C'est ainsi qu'elles révéleront leurs véritables personnalités.

J'éclatai d'un rire sonore et toutes mes camarades se tournèrent vers moi.

– Ce n'est pas une plaisanterie, Reed, me dit Rose.

– Tu veux que j'espionne ces filles ? lâchai-je, incrédule. Pas question. Ne compte pas sur moi.

Cheyenne eut un vilain rictus, comme si je venais de lui fourrer un quartier de citron dans la bouche.

– C'est la tradition. On a toujours procédé ainsi.

– À une exception près, rappela Portia en me regardant avec insistance.

Exact. Cette exception, c'était moi. L'éternel mouton noir.

– C'est du passé, assena Cheyenne en balayant cette objection d'un geste. Enfin, on peut toujours tirer des enseignements de nos erreurs, et mesurer l'importance de faire les bons choix cette année. Nous devons restaurer l'image de Billings et montrer au monde entier que ces quatre filles n'étaient pas représentatives de nos valeurs.

« Je vomis maintenant ou j'attends la suite ? » me demandai-je avec amertume.

– Euh, Cheyenne… intervint Rose. Et Ivy ?

« Ivy ? Tiens… » Je tendis l'oreille.

– Quoi, Ivy ? répondit sèchement Cheyenne.

– Eh bien… Ivy aurait été à Billings l'an dernier si elle était revenue, dit Portia en inspectant ses ongles. Ne devrait-on pas renouveler son invitation ?

– Certainement pas ! s'emporta Cheyenne. On ne prend que des élèves de première. L'idée, c'est de construire l'avenir de cette maison, pas d'inviter une fille qui partira dans quelques mois. D'ailleurs, vous avez dû mal entendre ce que je viens de dire… Je ne crois pas qu'Ivy Slade ait le profil.

Mes camarades échangèrent des regards entendus et quelques ricanements méprisants. Rose était la seule à sembler contrariée.

– Nous choisirons nos futures camarades parmi les élèves de première, et nous les choisirons avec soin, répéta Cheyenne. L'avenir de cette maison dépend de nous.

Nous sursautâmes à l'unisson lorsque nous entendîmes la porte d'entrée du bâtiment s'ouvrir. Laquelle d'entre nous manquait à l'appel ? Puis un léger brouhaha nous indiqua que plusieurs personnes venaient d'entrer dans le couloir. Quelques secondes plus tard, le directeur s'encadra dans la porte du salon. Il regarda la table avec un déplaisir évident.

– Mesdemoiselles.

– Bonjour, monsieur Cromwell ! le salua Cheyenne en notre nom à toutes.

Le directeur fit un petit pas de côté et tourna la tête pour parler par-dessus son épaule :

– Entrez, ne soyez pas timides.

Le silence se fit lorsque six filles franchirent le seuil de la pièce et allèrent se mettre en rang devant la fenêtre. C'étaient Lorna Gross, Missy Thurber, Constance Talbot, Kiki Rosen, Astrid Chou – l'amie de Cheyenne de Barton School –, et la nouvelle que j'avais aperçue à la chapelle. Miss Hawaii, ainsi que l'avait surnommée Missy.

– Mesdemoiselles, permettez-moi de vous présenter vos nouvelles camarades de dortoir, reprit Cromwell.

– Quoi ? s'étrangla Cheyenne.

– Ces filles appartiennent à l'élite de la classe de première, enchaîna le directeur sans se donner le mal de lui répondre. Le bureau les a choisies pour résider avec vous dans la maison Billings.

Tiffany prit un instantané des nouvelles venues, puis des visages consternés de mes camarades. C'était une plaisanterie ! Le directeur ne pouvait pas nous imposer ainsi de nouvelles résidentes. Ce n'était pas dans l'ordre des choses. Je partageais le sentiment général des filles Billings, lorsque je remarquai l'expression de Constance. On aurait dit une gamine de cinq ans parachutée dans la chocolaterie de Willy Wonka. J'oubliai sur-le-champ l'affront que nous faisait le directeur et je souris. Cheyenne agrippa le dossier d'une chaise avant de protester d'une voix rauque :

– Monsieur Cromwell… Je suis désolée, mais les pensionnaires de la maison Billings choisissent elles-mêmes leurs camarades de dortoir. C'est un de leurs privilèges. Il en a toujours été ainsi, depuis quatre-vingts ans.

Le directeur la regarda avec mépris.

– Mademoiselle Martin, n'est-ce pas ?

Cheyenne se rengorgea, visiblement ravie que sa réputation l'ait précédée.

– Le doyen Marcus m'a parlé de vous, dit Cromwell. Il a notamment évoqué le petit marché que vous avez conclu avec lui l'an dernier, pour qu'il vous autorise à sortir du campus avec vos amies pendant les vacances.

Le sourire de Cheyenne s'estompa.

– Eh bien, que les choses soient claires entre nous : je ne suis pas du genre à négocier avec les élèves. J'ordonne, et vous répondez : « Oui, Monsieur. Merci, Monsieur. Au revoir, Monsieur. »

La stupéfaction nous laissa sans voix.

– À partir d'aujourd'hui, ajouta le directeur, cette maison fonctionnera selon les règles que j'édicterai.

Il tendit le bras par-dessus l'épaule de Rose, prit sa carte de placement, et l'observa brièvement avant de la remettre sur la table d'un geste sec. London attira la sienne à elle, comme pour la cacher.

– J'ai entendu parler de vos rituels et de vos initiations. Tout cela prend fin aujourd'hui. La maison Billings est un dortoir. C'est l'endroit où vous résidez, et rien de plus.

Cette phrase me fit l'effet d'un coup de poignard dans le cœur, et je devinai que mes camarades devaient se sentir encore plus blessées, ressentir encore plus vivement l'humiliation qu'il nous infligeait. Vivre à Billings signifiait tant de choses, pour nous toutes. Et Cromwell venait de fouler aux pieds tout cela, en nous insultant au passage.

– Vous m'avez bien entendu, mademoiselle Martin ? demanda-t-il en levant le menton.

– Je...

– Oui, Monsieur, lui souffla-t-il.

L'humiliation était cuisante. Cheyenne s'éclaircit la gorge et baissa les yeux.

– Oui, Monsieur. Merci, Monsieur. Au revoir, Monsieur.

Elle avait insisté sur le dernier « Monsieur », mettant dans son apparente soumission un soupçon de sarcasme. Je la félicitai intérieurement.

– Parfait. Je vous laisse donc faire connaissance, dit le directeur.

Sur ces mots, il fit volte-face et nous abandonna. Pendant un long moment, personne ne broncha. La fureur contenue de Cheyenne la rendait presque incandescente.

– Ce type aurait bien besoin de péter un coup, lâcha Astrid avec son délicieux accent anglais.

Des rires nerveux fusèrent. Cheyenne resta de marbre.

– Il ne peut pas nous faire ça, lâcha-t-elle d'une voix glacée.

– On dirait pourtant qu'il vient de le faire, signala Tiffany.

– Non ! C'est mon année de terminale. J'attends ce jour depuis que je suis arrivée à Easton. Ils ne peuvent pas tout changer maintenant. Ils ne peuvent pas nous imposer ces filles choisies au hasard et espérer qu'elles nous conviendront !

– Cheyenne, gronda Rose en se levant d'un bond.

Elle lança un regard d'excuse aux six filles alignées devant la fenêtre, puis prit Cheyenne par le poignet et l'entraîna dans un coin pour lui parler à voix basse. Vienna et London se hâtèrent de les rejoindre.

Les autres filles autour de la table semblaient aussi stupéfaites et perplexes que moi, mais ce n'était sans doute rien comparé à ce que les nouvelles devaient éprouver. Décidée à mettre fin à cette situation pénible, je me levai et j'allai embrasser Constance.

– Félicitations !

C'était tout ce que j'avais trouvé à lui dire. Plusieurs de mes camarades de Billings m'imitèrent et allèrent parler aux nouvelles venues. Peu à peu, les bavardages emplirent la pièce et nous firent oublier le conciliabule de Cheyenne et de ses acolytes.

– Qu'est-ce qu'elle a, Cheyenne ? me demanda Constance à voix basse. Elle ne veut pas de nous ?

– Elle regrette qu'on n'ait pas voté, comme l'impose la tradition, dis-je. Elle aurait voulu choisir elle-même les nouvelles résidentes. Mais elle n'y peut rien. Le directeur m'a paru très déterminé. S'il dit que vous vivez ici, c'est réglé.

– Incroyable ! s'écria Constance. Je suis à Billings !

– Attends un peu de savoir ce qu'il y a dans ces boîtes, lui conseillai-je en louchant vers la table.

Constance aperçut les écrins roses éparpillés et manqua défaillir lorsqu'elle vit les pendentifs. Elle effleura le mien du bout des doigts.

– Oh ! mon Dieu ! Je vais en avoir un ?

Je haussai les épaules.

– Je suppose que oui. Toutes les filles Billings en ont un.

Je laissai Constance mimer un cri perçant et me tournai vers Astrid que j'avais rencontrée l'année précédente à la fête de Noël organisée par Cheyenne dans la maison d'été de ses parents. Toujours aussi originale dans ses choix vestimentaires, elle portait une robe bustier imprimée de timbres-poste avec des ballerines jaunes, et une fleur ornait ses cheveux courts en bataille.

– Reed ! Quelle joie de voir un visage familier, me dit-elle.

– Tu m'étonnes ! Qu'est-ce que tu fais ici ? Tu as déserté Barton ?

– Ils m'ont surprise une fois de trop en train de fumer derrière le gymnase, me confia-t-elle.

Ses yeux marron pétillants d'espièglerie, elle ajouta :

– Enfin, ce n'est pas grave. J'ai toujours rêvé d'étudier ici.

Je la présentai à Kiki et à Constance, puis je me tournai vers la nouvelle, qui se tenait les mains dans le dos et paraissait intimidée.

– Tu t'appelles Sabine, n'est-ce pas ?

Son visage s'éclaira, ce qui ajouta encore à son charme.

– Oui. Comment le sais-tu ?

Elle avait un léger accent français, ainsi que Josh l'avait deviné. Je tirai le papier bleu de ma poche et le lui tendis.

– Je m'appelle Reed et on m'a chargée de te faire une visite guidée...

– Oh, merci ! Je suis ravie de te rencontrer, dit Sabine, une main sur le cœur. C'est un peu intimidant, ici, non ?

Je souris.

– Intimidant ? Oui, peut-être.

– Non ! Il n'en est pas question ! fit soudain la voix de Cheyenne. Je m'y oppose !

Elle se tourna vers les six nouvelles.

– Asseyez-vous ! ordonna-t-elle en pointant l'index vers la table. Les autres, dans ma chambre. Immédiatement !

Elle récupéra d'un geste vif les six écrins restés sur la table, comme si elle craignait que les nouvelles ne les chapardent. Puis elle quitta le salon en coup de vent. Obéissantes, les autres filles Billings sortirent derrière elle. Avant de les rejoindre, j'adressai à Sabine un regard d'excuse et je soupirai :

– Intimidant, tu disais ?

Rébellion

– Ils n'ont pas le droit de faire ça ! Pour qui se prennent-ils ? fulminait Cheyenne en arpentant sa chambre, tel un lion en cage.

Comme au printemps dernier, elle occupait l'ancienne chambre de Noëlle et Ariana, mais s'était arrangée cette année pour ne plus la partager avec Rose. Pénétrer dans cette pièce me causait toujours une bouffée de nostalgie. J'étais tellement habituée à la voir divisée en deux : une moitié croulant sous le bazar compulsif de Noëlle, et l'autre, celle d'Ariana, presque vide et trop bien rangée. Pourtant, Cheyenne s'était donné du mal pour se l'approprier. Elle avait installé un lit double près de la baie vitrée, ainsi que deux penderies, un énorme bureau, une coiffeuse, et même un coin salon. Tout était blanc, rose ou vert mousse : le jeté de lit, les housses des chaises, les coussins, les fleurs fraîches sur l'appui de fenêtre. On se serait cru dans une bonbonnière.

– Prenez Lorna Gross, continua Cheyenne. Elle a beau être allée en Suisse en jet privé pour se faire refaire le nez, ça reste Lorna Gross !

– Et vous avez vu les chaussures de l'autre ? renchérit Portia, qui louchait en inspectant ses fourches. Fatale erreur !

Je regardai Tiffany, perplexe. De qui parlait-elle ?

Tiff haussa les épaules en signe d'ignorance.

– Au moins, ils ont choisi Astrid, dis-je pour tenter d'apaiser Cheyenne. C'est ton amie, non ?

Cheyenne me toisa méchamment.

– Astrid est une simple connaissance, rectifia-t-elle. Mais la question n'est pas là.

– Reed a raison, souligna Rose. En principe, les élèves transférées d'un autre lycée n'entrent pas à Billings. Peut-être que le directeur t'a fait une fleur.

– Tu veux rire ? s'écria Cheyenne. Et comment se fait-il que je sois la seule à être furieuse ? Cromwell nous a toutes insultées. Il ne sait pas quelles qualités sont requises pour entrer à Billings. Il ne peut pas décider arbitrairement qui en est digne. Nous avons toutes été choisies par des filles qui ont vécu ici et qui savaient ce que cela impliquait. Le bureau des directeurs n'en a pas la moindre idée, et Cromwell encore moins.

– Peut-être, repris-je, mais Kiki et Constance sont des filles bien. Kiki a reçu deux fois les félicitations l'an dernier et Constance a été nommée rédactrice en chef de *La Chronique* alors qu'elle n'est qu'en première. Enfin, je n'apprécie pas particulièrement Lorna et Missy, mais la mère de Missy était à Billings. Elle aurait été invitée automatiquement, non ?

– Reed a raison, confirma Tiffany en jouant avec son appareil photo.

– Raison ou pas, ça ne change rien au fait que Crom vient de nous confisquer nos droits, remarqua Portia.

Elle croisa les bras dans un cliquetis de bracelets, avant de poursuivre :

– Ce type a étudié à Easton. Il devrait pourtant savoir...

– Exact, dit Cheyenne, ravie que quelqu'un prenne enfin son parti.

– Ouais. Et maintenant, on ne va plus pouvoir espionner les candidates, fit London, boudeuse. Je m'en réjouissais d'avance ; je m'étais même procuré des jumelles.

– Vous voyez ? renchérit Cheyenne. London n'aura même pas l'occasion d'utiliser ses jumelles.

– Elle les a déjà utilisées pour espionner les mecs de Ketlar ce matin, plaisanta Vienna, provoquant quelques éclats de rire.

Elle frappa dans la main de London, très contente d'elle. Je priai pour que la chambre de Josh ne soit pas en face de la leur.

– On peut aussi voir ça autrement, soulignai-je. On peut se dire que l'administration nous a épargné un sacré travail...

Pour tout dire, je n'étais pas plus ravie que les autres d'avoir été court-circuitée, mais j'avais le sentiment que mes camarades de Billings n'auraient pas accepté Constance parmi elles. Je ne voulais pas que mon amie ait le cœur brisé. J'imaginais facilement ce que j'aurais ressenti, l'an dernier, si on m'avait le même jour invitée à Billings, puis renvoyée dans mes pénates. J'étais prête à me conformer aux ordres de Cromwell et à passer à autre chose.

Les yeux de Cheyenne étincelèrent.

– La paresse n'est pas une excuse pour renoncer à ce qui fait la grandeur de Billings, Reed, me lança-t-elle sèchement. Enfin, je ne suis pas surprise que cela te dépasse...

Mes joues s'enflammèrent.

– Pardon ?

– Non, rien, fit-elle avec un petit sourire.

J'avais beau être furieuse, je ne voulais pas entrer en guerre ouverte avec Cheyenne. Je décidai donc d'ignorer l'insulte et repris le fil de la conversation :

– Moi non plus, je ne veux pas renoncer à ce qui fait la grandeur de Billings, mais que peut-on faire ? Je propose qu'on donne les colliers aux nouvelles et qu'on entame tranquillement notre année scolaire.

Un murmure d'assentiment général dopa ma confiance.

– Certainement pas ! répliqua Cheyenne. Elles n'auront pas les pendentifs. On n'a aucun moyen de savoir si ces filles méritent de vivre ici.

– Et alors ? Elles sont là. On n'a pas le choix, intervint Rose en haussant les épaules. Il faudra bien qu'elles fassent l'affaire.

C'était exactement ce que je pensais. Pourquoi ne l'avais-je pas dit la première ?

Cheyenne plissa les yeux.

– Pas nécessairement.

Aïe ! Je n'aimais pas ce ton. Un frisson désagréable me parcourut.

– Ah bon ? À quoi tu penses ? demanda Vienna d'un air gourmand.

– On peut encore les tester, expliqua Cheyenne. Ce n'est pas parce qu'elles vivent sous notre toit qu'on ne peut plus les observer. Je vais leur trouver une tâche à accomplir. Celles qui réussiront, très bien. Mais les autres…

Plusieurs filles échangèrent des regards conspirateurs. Je restai impassible.

– Les autres, quoi ? m'inquiétai-je.

– Eh bien, on verra le moment venu, suggéra Cheyenne en me tapotant l'épaule comme si j'étais une fillette.

– Je ne te comprends pas, dis-je, refusant d'imaginer les plans odieux qu'elle avait en tête. Le directeur a dit qu'elles vivraient ici. On ne peut rien faire contre.

– Mais si, Reed, on peut toujours faire quelque chose, rétorqua Cheyenne avec un grand sourire. Il suffit d'être un peu créatif...

E-mail surprise

Quand je regagnai ma chambre après cette petite réunion exaspérante, Sabine rangeait sa valise vide. Elle avait fait son lit avec des draps blancs tout simples, et sa penderie n'était qu'à moitié pleine de vêtements légers aux couleurs vives. Des sandales plates s'alignaient par terre, près d'une paire de baskets. Trois bougies trônaient sur sa table de nuit, ainsi que deux photos encadrées. La première, dans un cadre en bambou, montrait Sabine et deux amies en maillot de bain. Sur la seconde, plus grande et dans un cadre en argent, on voyait la jeune fille, vêtue d'un uniforme scolaire, étreindre une femme qui devait être sa mère.

– C'est tout ? demandai-je.

Sabine prit une petite pile de livres sur son lit pour aller les poser sur le bureau, à côté d'un ordinateur portable Apple couleur alu.

– C'est tout, confirma-t-elle.

– Waouh ! Et moi qui trouvais que je n'avais pas grand-chose...

J'allai m'asseoir sur mon lit en face d'elle. Elle considéra pensivement ses affaires et haussa ses frêles épaules.

– L'uniforme était imposé dans mon ancien lycée, alors, je n'avais pas besoin de tonnes de vêtements. Et puis, j'imagine que les trucs d'hiver prennent plus de place, mais je n'en ai pas encore. Tu sais où je peux acheter un manteau ?

– Ce n'est pas à moi qu'il faut demander ça, dis-je avec un sourire malicieux. Interroge plutôt Portia ou Cheyenne. Si tu suis mes conseils, tu risques d'être à la mode de l'an dernier, plaisantai-je en prenant une voix snob.

– Cheyenne ? La fille qui a piqué sa crise ? s'enquit Sabine en frissonnant. Non, merci.

Je souris.

– Alors, tu viens d'un endroit où l'on n'a pas besoin de manteau en hiver... C'est où ?

– En Martinique, répondit-elle en s'approchant de la fenêtre pour contempler les montagnes. Tu y es déjà allée ?

– Non, pas vraiment.

Je n'avais même jamais pris l'avion, mais je préférai garder cette information pour moi.

– C'est une petite île au climat très chaud. Mes parents ont une maison sur la plage, alors j'ai grandi au soleil, sans porter grand-chose, dit-elle avec un sourire nostalgique.

– Ça devait être agréable. Pourquoi es-tu venue ici ?

– J'ai toujours eu envie de voir à quoi ressemble la vie aux États-Unis.

Ah… Je n'étais pas sûre que la vie à Easton soit très représentative de l'existence d'un Américain moyen, mais bon…

– Ça me fait tout drôle d'être ici, soupira-t-elle en regardant fixement par la fenêtre.

– Comment ça ? lui demandai-je, décidant de ne pas m'arrêter à l'évidence.

– Je me faisais une telle fête à l'idée de venir. Mes relations avec mes parents sont parfois un peu… tendues. J'avais hâte de les quitter, et maintenant que je suis là…

– Ils te manquent, terminai-je pour elle.

– Exactement.

Je me rappelais ce sentiment. L'an dernier en arrivant à Easton, j'avais découvert avec consternation que j'avais le mal du pays, malgré le départ de mon frère pour l'université et l'état comateux de ma mère, qui passait ses journées au lit. Mais je n'avais pas tardé à surmonter ce sentiment : avec le bizutage que m'avaient infligé mes camarades de Billings et le drame de la disparition de Thomas, j'avais eu rapidement d'autres chats à fouetter.

– On s'habitue, lui assurai-je.

– Vraiment ?

Sabine me regarda avec des yeux pleins d'espoir, et je reçus un coup au cœur. Cette fille avait besoin d'une amie. Peut-être que Cromwell avait eu une bonne idée, finalement, en imposant à certains de jouer les tuteurs...

– Mais oui, je te le promets.

– Tant mieux. Je prends ça comme une aventure, me confia Sabine d'un ton résolu. Je débarque dans un monde tellement différent du mien. Ces bâtiments anciens, ces collines, ces arbres... Et la cérémonie de ce matin... J'avais l'impression d'être dans un roman.

Ses yeux pétillaient d'excitation.

– Ouais, c'est cool, admis-je en me rappelant mon exaltation lorsque j'étais arrivée dans ce lycée. Ce sentiment de faire partie de quelque chose qui me dépassait. Mon optimisme et mon impatience. Cela dit, je souhaitais à Sabine de passer un meilleur premier trimestre que moi.

J'étais plongée dans mes pensées quand mon ordinateur émit un « bip » sonore. Je me levai pour consulter ma messagerie et clignai des yeux en découvrant l'adresse qui s'affichait dans ma boîte de réception : DaMcCafferty@yale.edu

Dash ? Dash McCafferty m'écrivait ? Un frisson d'excitation me parcourut et je m'efforçai de retrouver mon calme avant de cliquer sur l'icône du message.

Salut Reed,

Je viens prendre des nouvelles d'Easton. À Yale, tout est comme prévu. Certains étudiants ont l'air un peu dépassés. Personnellement, je trouve que c'était plus dur à Easton. Mon camarade de chambre n'est pas une flèche, mais après avoir vécu avec Gage, je crois que je peux tout supporter. Fais-moi signe à l'occasion.

Dash

– Tiens, tu rougis, fit Sabine en s'approchant de moi. C'est un message de qui ?

Je ne rougissais pas. Je ne pouvais pas rougir. Ce n'était pas parce que j'avais partagé un moment un peu spécial avec Dash pendant l'été, que...

– C'est un copain. Il est sorti diplômé en juin.

– Ah ! un petit copain, me taquina Sabine.

Mince alors ! Mon trouble se voyait-il à ce point ? J'étais peut-être un brin excitée, mais seulement parce que j'étais surprise que Dash prenne la peine de me contacter. Rien de plus.

– Euh... non. C'était le mec d'une amie, précisai-je.

Était ? Est ? Je n'en avais aucune idée. Cet été, Dash était venu à Martha's Vineyard avec ses parents pour assister à un mariage. Natasha et moi avions passé quelques jours avec lui, mais pas une fois il n'avait fait allusion à Noëlle. Par délicatesse, nous n'avions pas non plus abordé le sujet, même si la curiosité nous dévorait. Après tout, nous ne savions pas comment il avait réagi en apprenant que sa petite amie était impliquée dans le meurtre de Thomas Pearson, fut-ce indirectement.

Puis une chose étrange s'était produite. Après le mariage, Dash, légèrement éméché, était passé au *Vieux Pêcheur*, le restaurant où je travaillais. J'étais occupée à ranger la terrasse, et il m'avait aidée à empiler les chaises pour les protéger du vent, comme je le faisais chaque soir. Il avait évoqué avec humour les convives snobs et coincés du mariage, et nous étions restés ensemble une bonne heure à rire et à discuter au bord de l'eau.

– J'aurais aimé que tu sois là, avait-il déclaré en s'accoudant à la balustrade. Ç'aurait été plus amusant.

– Peut-être, avais-je répondu sur un ton badin. Ces gens-là ont l'air marrants à observer.

– Je n'arrive pas à croire que je serai à Yale dans quelques semaines, avait-il enchaîné.

– Ouais... La fac. C'est génial !

– Non. Ce n'est pas ce que je voulais dire. En fait, tu vois, j'aimerais... J'aimerais retourner à Easton... Recommencer ma terminale. Je ferais tant de choses différemment, m'avait-il confié avec sa sincérité habituelle.

– Ah bon ? m'étais-je étonnée. Quoi, par exemple ?

– Eh bien...

Il m'avait alors regardée dans les yeux avec insistance, et mon sang n'avait fait qu'un tour. J'avais beau avoir discuté au téléphone avec Josh deux heures plus tôt, j'étais restée immobile, comme envoûtée. C'était tout de même Dash McCafferty, et il était à se damner avec ses cheveux ébouriffés, son smoking et sa cravate desserrée. Et franchement, lorsqu'il avait incliné la tête vers la mienne, dans un éclair de folie, j'avais failli accepter son baiser.

Puis je m'étais rappelé que j'avais une conscience et j'avais reculé. Je m'étais éclairci la gorge et j'avais fait comme si de rien n'était. Dash m'avait imitée. Le lendemain, j'étais certaine que je m'étais fait un film. Ou que Dash était plus saoul que je ne l'avais cru et qu'il m'avait pris un instant pour Noëlle. Certes, elle était d'une beauté époustouflante, et moi, je n'étais que moi. Mais nous étions toutes les deux brunes, et de la même corpulence. C'était possible. Après cet épisode, en tout cas, Dash ne m'avait plus donné signe de vie, alors qu'il avait passé encore deux jours sur l'île.

– Ah... Alors, passe-lui le bonjour de ta camarade de chambre, dit Sabine en continuant son rangement.

Je commençai à taper une brève réponse, les doigts tremblants. Je m'inspirai du ton détaché de Dash pour lui parler du nouveau directeur, de la situation à Billings et du programme de tutorat. J'avais à peine appuyé sur la touche « envoi » que Constance entrait dans la chambre, complètement hystérique.

– Reed ! Kiki et moi on a une vue formidable depuis notre fenêtre ! Je n'arrive pas à croire que je suis à Billings ! C'est dingue !

– Pourquoi es-tu aussi excitée ? lui demanda Sabine. Est-ce que ce dortoir a quelque chose de spécial ?

– Tu n'imagines pas ! haleta Constance. C'est le plus sélect du campus. On n'invite vraiment pas n'importe qui à vivre ici.

« Sauf cette année… », songeai-je, amusée.

– Tu sais quand on va avoir nos colliers ? me demanda Constance en touchant mon pendentif. Tu as remarqué que celui de Cheyenne était plus gros que les autres ?

« Ah, je le savais ! » pensai-je, triomphante.

– J'ai tellement hâte d'avoir le mien !

– Calme-toi, Constance. Respire, lui conseillai-je en riant. Je suis sûre que ça finira par arriver.

Elle ne pouvait pas deviner qu'elle n'était pas encore une fille Billings. Du moins, pas dans l'esprit de certaines…

– Je suis trop pressée ! Il faut que j'appelle Whit ! Il va être tellement heureux pour moi ! Il m'avait dit que j'avais encore une chance, mais je ne voulais pas le croire. Tu connais Whit…

Constance sortit son portable pour appeler Whittaker, qui étudiait à Harvard. Elle nous tourna le dos et salua son petit ami avec des cris perçants. Je fis un clin d'œil à Sabine, qui me sourit en retour.

Pas de roulements d'yeux. Pas de jugement. Rien. Cette fille était vraiment une crème.

– Non, disait Constance. Reed partage sa chambre avec une nouvelle, alors on n'est pas ensemble, mais... Si, elle est là. D'accord. Tiens.

Elle tendit le téléphone à Sabine.

– Whit veut te souhaiter la bienvenue.

Sabine parut surprise, mais prit le portable.

– Allô ? Oui. Merci ! Enchantée aussi.

– Il est gentil, hein ? fit Constance.

Sabine hocha la tête et sourit tandis que Whit continuait à l'entretenir de choses et d'autres. Les regarder me faisait chaud au cœur, et je me promis que ces deux filles remporteraient haut la main l'épreuve que Cheyenne allait leur imposer. Elles étaient exactement ce dont la maison Billings avait besoin.

Visite guidée

Il faisait une chaleur accablante dehors lorsque nous quittâmes le dortoir pour aller en cours. J'avais enfilé un short en toile et un T-shirt, et Sabine avait une robe jaune et un pull rose à manches courtes. J'avais choisi le trajet le plus long pour lui montrer les différents bâtiments. Chemin faisant, elle sortit un stylo, un minuscule carnet en cuir bleu et se mit à prendre des notes.

– Qu'est-ce que tu fais ? lui demandai-je, intriguée.

Sabine rougit et pressa le carnet contre sa poitrine.

– J'ai un sens de l'orientation lamentable. Si je n'écris pas ce que tu me dis, tu vas devoir me le répéter vingt fois.

– D'accord. Donc, ici, c'est Hull Hall, que l'on surnomme Hell Hall...

Pendant que Sabine griffonnait dans son carnet, je me fis rapidement une queue de cheval, puis je repris :

– C'est là que se trouvent l'administration et le bureau du directeur.

– J'y suis venue ce matin, se rappela Sabine. Cromwell nous a convoquées avant de nous conduire à Billings.

– Logique, dis-je avant de me tourner vers le sentier menant à la bibliothèque. Et là, c'est... c'est Josh.

Flanqué de Gage, Josh s'avançait en effet vers nous, vêtu d'un T-shirt orange orné de l'inscription : « Je n'ai pas compris votre question. » Quant à Gage, il arborait son éternel rictus méprisant et portait un polo d'un blanc éclatant. Ses cheveux figés par le gel avaient poussé de plusieurs centimètres. Il devait se trouver irrésistible, mais franchement, on l'aurait cru sorti d'une manche à air.

– Josh ? C'est le nom d'un bâtiment ? me demanda Sabine en balançant ses épais cheveux bruns par-dessus son épaule.

Alors que la sueur me dégoulinait déjà dans le dos, ma camarade était aussi fraîche qu'un bouton de rose.

– Non. C'est un mec, rétorquai-je en riant.

Josh et Gage arrivaient à notre hauteur.

– Salut ! lançai-je à la cantonade.

– Salut, répondit Josh.

– Alors, nouvelle, fit Gage en pointant le menton vers moi, comment va la vie dans le trou du cul de l'Amérique ? Est-ce que ton bled a enfin été raccordé à l'électricité ?

Eh bien… Il ne perdait pas de temps ! Il faut dire que m'envoyer des vannes avait toujours été le passe-temps favori de Gage.

– Mec, elle n'est plus nouvelle, signala Josh.

– Moi, oui ! intervint Sabine.

Gage se tourna vers elle et sourit de toutes ses dents. Son air salace me révulsa l'estomac.

– Nouvelle, nouvelle ? dit-il en la déshabillant du regard. Excellent !

Ma nausée s'accentua encore lorsque je vis Sabine rougir.

– Fais comme s'il n'existait pas, lui conseilla Josh en donnant une bourrade à son camarade. On ne supporte sa présence que par charité. Ça fait bien dans notre dossier pour la fac. Alors, tu dois être la nouvelle camarade de chambre de Reed. Je m'appelle Josh.

– Enchantée ! Moi, c'est Sabine.

Elle regarda son T-shirt en souriant.

– Si j'ai bien compris, ce n'est pas la peine de te demander son chemin.

– Bien vu ! En fait, j'ai mis ça en signe de rébellion. Ou par dépit, comme on ne m'a donné personne à guider.

Il s'approcha de l'oreille de Sabine et ajouta :

– Entre nous, je ne comprends pas pourquoi ils ont confié ça à Reed. Elle ne sait jamais rien.

Sabine gloussa et me regarda timidement. Puis le portable de Gage sonna et il répondit, m'épargnant probablement un nouveau sarcasme.

– Bon, Hollis, si on a besoin de toi, on t'appellera, répliquai-je pour rire.

– S'il te plaît, ne la vexe pas, l'implora Sabine. Si elle me lâche, je vais être complètement paumée.

– Oh, il en faut plus que ça pour vexer Reed, fit Josh.

– Crois-moi, j'en sais quelque chose ! dit Gage en levant une main.

– J'aime bien ton accent. D'où tu viens ? demanda Josh.

– De Martinique.

– Sans rire ? s'exclama-t-il. Mes parents y passaient toutes leurs vacances d'hiver, à une époque ! Il faudra qu'on en parle ensemble, pour voir si on a des connaissances en commun.

– D'accord, accepta simplement Sabine.

– Allez, loser, on s'arrache ! s'écria Gage en fermant son téléphone. On a la nouvelle bombe en espagnol en première heure. Je veux absolument une place au premier rang.

– Mec, c'est vraiment trop ringard de sortir avec une prof, dit Josh. Ça se faisait il y a cinq ans.

Puis, se tournant pour partir.

– À plus tard, mesdemoiselles !

Je ne savais pas pourquoi il ne m'avait pas embrassée, mais ça m'arrangeait. Je n'aurais pas aimé perdre tous mes moyens devant Sabine.

– Écoute, Sabine. Gage n'est pas un mec pour toi, prévins-je ma camarade aussitôt que les garçons furent hors de portée de voix.

– Non ? Pourquoi ?

– Parce que c'est un tombeur en plus d'un vrai connard. Crois-moi. On ne peut pas lui faire confiance.

– Dommage ! Enfin, l'autre est mignon aussi, dit-elle en regardant Josh s'éloigner. J'aurais bien aimé l'avoir comme tuteur.

Je sentis une pointe de jalousie me transpercer, mais je me forçai à rire.

– Tss-tss, bas les pattes ! ordonnai-je, du ton le plus léger possible.

– Je sais, je sais, il sort avec Cheyenne. Ne t'inquiète pas. Je ne suis pas du genre à piquer le mec d'une autre, assura Sabine en partant devant.

Mon cerveau mit cinq bonnes secondes à imprimer ce que je venais d'entendre. J'eus alors l'impression d'avoir heurté de plein fouet un mur de briques.

– Il n'est pas avec Cheyenne, rectifiai-je en la rattrapant. Il est avec moi.

Sabine me fixa un long moment, sans expression. Puis elle se mordit la lèvre, perplexe.

– Ah, c'est vrai ? Je croyais que... Non, laisse tomber.

La jalousie irradiait à présent dans tout mon corps.

– Non. Dis-moi ce que tu pensais...

Sabine regarda autour d'elle, comme si elle cherchait un trou de souris dans lequel se réfugier. La moutarde commençait sérieusement à me monter au nez.

– Sabine, quoi ? insistai-je.

– Rien de spécial. C'est juste que... je les ai vus en arrivant ce matin. Josh et Cheyenne. Bien sûr, je ne savais pas encore qui c'était, mais... Ils étaient assis côte à côte sur un banc et ils m'ont paru très... intimes. J'ai cru qu'ils sortaient ensemble.

– Tu es sûre que c'était eux ? Je veux dire : tu ne connais pas encore vraiment les gens, tentai-je, pleine d'espoir.

La physionomie de Sabine s'éclaira.

– Peut-être pas. Peut-être que c'était une autre fille blonde. Ce n'est pas ce qui manque, ici.

Cette réponse ne me réconforta pas vraiment. Sabine n'avait pas innocenté Josh, elle l'avait simplement placé dans une situation douteuse avec une autre blonde non identifiée. Soudain, je regrettai d'avoir insisté auprès de mes parents pour qu'on s'arrête au McDo. Les Egg McMuffins et la jalousie ne faisaient pas bon ménage.

– Waouh ! Tu es vachement possessive ! remarqua Sabine. Enfin, je te comprends. Avec un mec comme lui, tu ne dois pas dormir sur tes deux oreilles.

– Qu'est-ce que tu entends par là ? répondis-je, un rien agressive.

Sabine trouvait-elle que je n'étais pas assez bien pour Josh ?

– Rien ! Juste que les autres filles doivent être intéressées. C'était un compliment, je t'assure.

La culpabilité me submergea et j'eus envie de me gifler. Pourquoi je m'en prenais à Sabine ? Elle n'avait rien fait de mal.

– Je suis désolée. Tu dois avoir raison, je suis possessive, dis-je avec un sourire penaud.

– Non, c'est moi qui suis désolée, s'excusa Sabine en me touchant le bras. Je ne voulais pas te mettre dans cet état. Je ne savais pas.

Je m'éclaircis la gorge et me redressai.

– Je ne suis pas dans « cet état ». Josh et moi, on est vraiment ensemble. Je ne sais pas qui tu as vu, mais ce n'était pas lui.

Sabine écarquilla soudain les yeux.

– Ça alors, c'était étrange.

– Quoi ?

– Ton regard. Tu viens de me rappeler ma sœur, c'était frappant. Elle a le même air venimeux quand elle parle des mecs.

– Venimeux ? Vraiment ? Je ne savais pas que j'en étais capable, m'efforçai-je de plaisanter.

– Eh bien, si, fais-moi confiance, dit Sabine en souriant. Tu dois l'aimer énormément.

– Exact.

Exact. Je l'aimais plus que tout. Et c'était pourquoi j'allais creuser cette histoire d'intimité avec Cheyenne. Avant que mon cœur n'explose.

L'épreuve

– Elles attendent à l'intérieur, nous apprit Vienna en vérifiant son brillant à lèvres dans le miroir doré du couloir de Billings.

Elle effleura d'un doigt sa lèvre inférieure pour gommer une imperfection invisible, puis fit bouffer ses cheveux bruns.

– On dirait une bande de chatons effrayés, ajouta-t-elle. C'est mignon.

– Des chatons, fit Cheyenne d'un air narquois. Parfait.

Je la regardai avec attention. Elle portait un chemisier blanc à manches ballon et une minijupe plissée noire. Ses ongles de pieds étaient peints en rouge, ceux de ses doigts en rose, et sa peau brillait. Son apparence confinait à la perfection, mais je voyais mal Josh craquer pour elle. Il était trop artiste, trop cool pour cela. Et aussi trop amoureux de moi.

– Vous êtes prêtes ? lança Cheyenne.

– Je peux rappeler que je ne suis pas d'accord ? demandai-je.

Cheyenne porta une main à sa bouche et fit mine d'être choquée. Le saphir de sa bague scintilla sous le lustre.

– Mon Dieu, quelle horreur ! Reed n'est pas d'accord...

Je cherchai une réplique cinglante, mais Cheyenne avait déjà foncé dans le salon, où les nouvelles nous attendaient. Furieuse, je serrai les poings.

– Elle est dans une forme rare, ce soir, murmura Rose derrière moi.

– Je peux savoir pourquoi on la laisse faire ça ?

– Voilà pourquoi, répondit Tiffany en indiquant du menton la troupe des filles qui se pressaient derrière Cheyenne.

Elle empoigna son appareil photo, fit la mise au point et prit plusieurs photos en rafale.

– Les autres adorent ces conneries. On est en minorité.

Je pris une grande inspiration et baissai le menton.

– Bon ! Alors, allons-y, qu'on en finisse !

Les canapés et les chaises avaient retrouvé leur disposition habituelle, formant un U où Constance, Sabine, Astrid, Missy, Lorna et Kiki avaient pris place. Cheyenne alla se poster devant la cheminée, tandis que les autres filles Billings s'adossaient au mur, de part et d'autre. Rose, Tiff et moi choisîmes les places les plus reculées, comme pour décliner toute responsabilité dans ce qui allait suivre.

– Mesdemoiselles, nous vous avons fait venir ici afin de mettre les choses au clair, commença Cheyenne. L'administration a beau vous avoir installées dans ce dortoir, vous n'y avez pas votre place.

Je vis Constance et Sabine échanger un regard anxieux et je me retins de me précipiter vers elles pour les rassurer.

– Vivre dans la maison Billings a toujours été un privilège, continua Cheyenne en toisant les nouvelles d'un air supérieur. Nous avons mérité ce privilège et nous estimons que vous devez le mériter, vous aussi. C'est pourquoi nous avons imaginé une épreuve que vous devrez surmonter.

Je vis nettement la gorge de Constance se serrer. Elle ne devait pas en mener large, elle qui savait ce que j'avais enduré pour gagner ma place à Billings, l'an dernier.

– Nous trouvons que cette pièce manque de caractère, reprit Cheyenne en promenant son regard dans le salon. Nous aimerions que ses murs évoquent davantage Easton et son histoire. Votre travail consistera donc à trouver un morceau d'Easton : un objet chargé d'histoire, et à le rapporter ici pour décorer notre salon. Vous avez soixante-douze heures.

Les nouvelles se regardèrent avec appréhension. Même Missy et Lorna, qui avaient jusque-là pris de grands airs comme si elles appartenaient à la maison, semblaient à présent dans leurs petits souliers.

– Attends, je n'ai pas bien compris : tu veux qu'on vole quelque chose ? demanda Sabine.

– Ça te pose un problème ? fit Cheyenne en haussant les sourcils.

– Non. Bien sûr que non, répondit Astrid à la place de Sabine. Je suis sûre qu'on a toutes déjà chapardé des bricoles dans notre vie, n'est-ce pas, les filles ?

Kiki haussa les épaules. Les autres affichèrent un air sidéré. Pourquoi auraient-elles volé quoi que ce soit, alors qu'elles étaient toutes plus riches les unes que les autres ?

– Bon. Alors, c'est parfait ! conclut Cheyenne avec entrain. Rendez-vous ici dans trois jours. Vous nous présenterez vos trouvailles. J'espère pour vous qu'elles seront à la hauteur. N'oubliez pas qu'il s'agit de la maison Billings !

Elle termina son discours en dardant un regard méprisant sur Constance, qui se recroquevilla sur le sofa. Puis elle se retira telle une reine, suivie par Vienna, London, Portia et les autres. Tiffany, Rose et moi sortîmes les dernières. Je tentai de réconforter mes amies au passage, mais elles étaient trop consternées pour me prêter attention.

– Voilà. Ça devrait suffire à faire le tri, chuchotait Cheyenne lorsque j'arrivai dans le couloir.

– C'est inutile et ridicule, dis-je en secouant la tête.

– Enfin, Reed, qu'est-ce qui t'est arrivé, cet été ? riposta-t-elle sèchement. Je croyais que tu étais cool.

– Je me pose la même question à ton sujet, répondis-je en croisant les bras.

– Je sais que tes petites copines te manquent, reprit Cheyenne en laissant planer des tonnes de points de suspension. Mais maintenant, c'est moi qui commande, et je ne laisserai pas la médiocrité entrer dans cette maison.

J'eus l'impression qu'elle m'avait giflée. Son sous-entendu n'était que trop évident. Pour elle, Noëlle et Ariana avaient invité une personne médiocre à entrer à Billings. Et cette personne, c'était moi. J'aurais voulu me défendre, mais j'étais tellement outrée que j'avais perdu tous mes moyens. Cheyenne en profita pour filer. Je serrai les poings. La fureur menaçait de m'étouffer. Dans deux heures, bien entendu, une repartie cinglante me viendrait à l'esprit, mais ce serait trop tard.

Sur les chapeaux de roues

Le lendemain, assise dans la chapelle, je feuilletais mon cahier de textes avec le sentiment d'être déjà débordée. Deux devoirs et deux travaux pratiques à rendre la semaine suivante, plus un quiz en histoire américaine pour vérifier ce que nous avions retenu des cours de l'an dernier. Après les examens, n'est-on pas censé oublier instantanément toutes les informations qu'on a engrangées, afin de laisser de la place pour d'autres ? Les professeurs devraient le savoir… Mais Barber n'était pas un professeur ordinaire, j'aurais dû m'en douter.

– Tout va bien ? me demanda Sabine, qui avait remarqué mon air fébrile.

– Ça va. Sauf que c'est déjà la folie…

– On a beaucoup de boulot, hein ? chuchota-t-elle. Je ne m'attendais pas à ça. En plus, je dois trouver un truc pour Billings…

– Ne t'inquiète pas : je vais t'aider.

J'avais envie d'étrangler Cheyenne pour avoir infligé ce stress supplémentaire à Sabine. Comment ma camarade de chambre, qui était arrivée à Easton la veille, pouvait-elle connaître quoi que ce soit de l'histoire de Billings ? Même moi, j'avais du mal à trouver une idée.

La voix du directeur vint m'arracher à mes pensées :

– Mesdemoiselles et messieurs, j'ai une bonne nouvelle à vous annoncer !

Ceux et celles qui somnolaient encore ou qui avaient laissé leur esprit divaguer se ressaisirent.

– Nous allons bientôt organiser un week-end des anciens élèves, avec un dîner à l'hôtel Driscoll d'Easton, continua fièrement Cromwell.

Quelques grognements lui répondirent. Cette perspective n'avait absolument rien d'attrayant, même si l'hôtel Driscoll, en centre-ville, était un véritable château, construit à la même époque que le lycée pour loger les familles fortunées qui venaient à Easton pour les week-ends des parents, les remises de diplômes et autres événements du même ordre. On le disait aussi sublime à l'intérieur qu'à l'extérieur, mais je n'avais jamais eu le privilège d'y entrer.

– Vous participerez tous à l'organisation de cet événement, reprit le directeur.

– Quoi ? s'étrangla Missy. Il plaisante !

Les grognements se multiplièrent et redoublèrent d'intensité. Un mec, de l'autre côté de l'allée, fit mine d'être pendu à une potence.

– Il y aura un comité dédié à la décoration, un autre à la nourriture, et un troisième aux invitations. Nous aurons également besoin de serveurs et d'agents d'accueil, enchaîna le directeur, imperturbable. Mlle Ling, la surveillante de la maison Bradwell, a gentiment proposé de recenser les volontaires. Vous irez tous la voir d'ici la fin de la semaine, afin de vous inscrire à l'un de ces comités, faute de quoi vous serez placés d'office où le besoin s'en fera sentir. Je vous conseille donc de choisir vous-mêmes. Les traînards risquent de laver la vaisselle avec le personnel du Driscoll jusqu'au petit matin.

– Et puis quoi encore ? ronchonna quelqu'un près de moi.

– Ce dîner est l'occasion de montrer une image irréprochable de notre établissement à nos anciens élèves, enchaîna le directeur, sourd au concert de murmures et de gémissements. Prouvons-leur qu'ils peuvent être fiers de cette institution.

– Et qu'ils peuvent continuer à lui balancer du fric, compléta Kiki à mi-voix.

– Mlle Ling tiendra une permanence à Hull Hall cette semaine et la suivante, de 16 heures à 17 heures.

Elle notera vos noms et vos préférences. Je vous remercie de votre attention. Vous pouvez vous retirer.

– On devrait se proposer comme serveuses, suggéra Sabine en se levant.

– Serveuses ? Pourquoi ?

Je scrutais la foule à la recherche de Josh, par réflexe.

– Comme ça, on pourra circuler toute la soirée, rencontrer les anciens élèves, nouer des relations..., expliqua Sabine. Commencer à se faire un réseau. Ce serait amusant.

Je la regardai, impressionnée. Elle devait bien être la seule dans ce lycée à vouloir faire le service, cette basse besogne. Mais elle avait raison. Nous pourrions en tirer un bénéfice. Qui sait : peut-être qu'un ancien élève richissime, impressionné par ma prestation de serveuse, insisterait pour payer la totalité de mes frais de scolarité ?

– D'accord, on fait ça, acceptai-je.

– Vous faites quoi ? demanda Gage en se rangeant à nos côtés, les mains dans les poches de son jean gris. Je pourrai mater ?

Sabine gloussa et rougit.

– Arrête. Tu te fais des idées.

– Dommage, Martinique ! fit Gage. J'aurais adoré assister au spectacle.

Sur ces mots, il fit demi-tour et se dirigea vers la porte.

Sabine, écarlate, cacha son visage derrière ses livres. Tout cela ne me plaisait guère.

– Sabine, tu ne peux pas craquer pour lui, grommelai-je.

– Désolée, mais c'est plus fort que moi ! répondit-elle, l'air implorant. Il est tellement beau !

Je soupirai et roulai les yeux sans insister. Ça n'aurait servi à rien, de toute manière. Je n'avais plus qu'à espérer que Gage montrerait son vrai visage à Sabine avant qu'il ne soit trop tard.

– Tiens, qu'est-ce qu'elles fabriquent ? demanda soudain ma camarade.

Devant nous, près de la porte de la chapelle, Cheyenne et Astrid discutaient en aparté, tête contre tête. Astrid s'exprimait avec précipitation et Cheyenne, qui lui agrippait le poignet, semblait lui faire la leçon. Astrid récupéra son bras et hocha la tête à contrecœur. Cheyenne regarda alentour pour vérifier si personne ne les regardait. En nous apercevant, elle se redressa, lissa sa jupe, puis renvoya Astrid d'un geste vif. Celle-ci jeta un coup d'œil penaud par-dessus son épaule. Qu'est-ce qu'elles mijotaient, toutes les deux ?

– Salut, les filles ! nous lança Cheyenne sur un ton faussement enjoué. Ça va être génial ce dîner des anciens élèves, non ? Je vais m'inscrire au comité pour la restauration. J'ai une recette de gibier top !

– Ouais, c'est sympa, fis-je, évasive. Qu'est-ce qu'elle a Astrid ?

– Bah, rien, dit Cheyenne en nous tournant le dos. Son ancienne école et son mec lui manquent. Tu sais que Cole est resté vivre en France ? Il est tombé amoureux d'une fille là-bas et s'est réinscrit dans son lycée d'accueil.

– Ah, c'est nul…

Elle me prenait pour une imbécile si elle pensait que j'allais gober son histoire.

– Enfin, ça fait des mois que ça dure, ajouta Cheyenne. Il serait temps qu'elle passe à autre chose.

Elle consulta sa montre.

– Bon, je file. J'ai des trucs à aller acheter à la librairie avant les cours.

– Eh bien…, soufflai-je, stupéfaite de la voir se défiler ainsi.

Dans sa précipitation, Cheyenne heurta de plein fouet Ivy Slade, qui lui lança un regard meurtrier. Cheyenne baissa les yeux et se sauva précipitamment. Ivy resta plantée sur place et la regarda filer d'un air mauvais.

Décidément, ces deux-là ne s'appréciaient guère…

– C'est dingue. Le seul fait d'être à côté de toi la rend nerveuse, dit Sabine. Tu devrais peut-être lui demander ce qu'il y a entre elle et Josh. Ça aurait le mérite d'être direct.

Cette remarque me fit l'effet d'un coup de poing dans le ventre. L'idée que Cheyenne m'évitait à cause de Josh ne m'avait pas effleurée. J'avais supposé qu'elle donnait à Astrid des conseils pour l'épreuve de Billings, ou quelque chose dans le genre. J'avais oublié sa prétendue intimité avec mon mec.

– Ouais, peut-être, fis-je, refusant d'embrayer sur le sujet.

– Bon... À tout à l'heure en cours ! me lança Sabine avant de s'éloigner.

– Ouais. À plus...

Sabine avait-elle raison ? Est-ce que Cheyenne m'évitait vraiment ? Est-ce qu'elle s'opposait systématiquement à moi à Billings parce qu'elle avait un faible pour Josh ?

– Mon trésor ! susurra ce dernier en passant un bras autour de ma taille.

Le souffle court, je me tournai pour lui faire face. Il sourit avant de m'attirer à lui et nous échangeâmes un long, très long baiser.

Lorsque nous nous séparâmes, j'eus envie de lui demander simplement ce qu'il pensait de Cheyenne. S'ils avaient réellement partagé un moment d'intimité sur un banc, le premier matin. Mais je ne voulais pas passer pour la fille jalouse qui accable son mec de questions pour se rassurer.

– Mon trésor..., murmurai-je à mon tour, en insistant sur le possessif.

Petits larcins

– Qu'est-ce que je vais devenir ? gémit Constance, assise sur le tapis en coco au milieu de ma chambre.

Elle portait un mignon sweat à capuche Harvard que Whit lui avait envoyé et un pantalon de survêtement gris. Ses cheveux roux étaient tressés en deux longues nattes.

– Qu'est-ce qu'elles veulent, en fait ? Je sais que tu ne peux pas me le dire, mais... Tu peux me le dire ?

Je l'écoutais d'une oreille distraite, occupée à lire et relire le mail que Dash m'avait écrit en réponse à mon dernier message. Au fond de moi, j'étais convaincue que je n'entendrais plus jamais parler de lui. Ou alors, qu'il m'écrirait à l'occasion un bref message, pour me dire qu'il ne s'était rien passé entre nous pendant l'été. Et pourtant voilà qu'il me répondait... en faisant presque allusion à la fameuse soirée.

« Ce Cromwell est peut-être l'homme qu'il fallait à Easton. Maintenant, je regrette *vraiment* de ne pas être revenu. Je suis curieux de la suite. »

Dash regrettait « vraiment ». Preuve qu'il se souvenait de ce qu'il m'avait dit, le fameux soir... Et donc probablement de ce qu'on avait failli faire ensuite. Je me demandai s'il viendrait au week-end des anciens élèves, et s'il voudrait évoquer ce sujet. Cette idée me crispa.

– Reed ?

– Quoi ? Pardon.

Je fermai ma messagerie et fis pivoter ma chaise de bureau. « Concentre-toi, Reed. La situation est grave. Arrête de ruminer. »

Je vis à l'expression de Constance qu'elle éprouvait le même désespoir que moi, l'an dernier, quand Noëlle m'avait ordonné de voler un énoncé de devoir pour Ariana au milieu de la nuit. Je m'étais sentie piégée, malade. J'étais prête à tout pour leur plaire, et je me trouvais pathétique de ramper ainsi à leurs pieds. Mais Constance avait le teint blafard, comme si elle n'avait rien avalé de la journée. Si j'avais trouvé en moi des ressources et un courage inespérés l'an dernier, mon amie ne semblait pas avoir le caractère assez trempé pour relever ce genre de défi. Elle devait s'en rendre malade.

– Constance, elles veulent simplement que tu leur prouves que tu as envie de vivre ici, lui dis-je.

– Alors, je pourrais peut-être leur écrire un poème, quelque chose comme ça..., plaisanta-t-elle en posant le menton sur ses genoux.

– Je ne crois pas...

– Et Sabine, qu'est-ce qu'elle leur apporte ? demanda-t-elle. Elle te l'a dit ?

– Non, je n'en sais rien, fis-je en regardant le lit impeccable de ma camarade de chambre. Je ne l'ai pas vue depuis qu'on est allées s'inscrire ensemble auprès de Mlle Ling, en début d'après-midi. Elle n'est pas venue dîner à la cafétéria.

J'allai m'asseoir en face de Constance.

– Je t'ai déjà expliqué comment entrer par effraction dans Hell Hall. Tu n'as qu'à chaparder quelque chose dans le bureau d'un prof...

– Il faut que ce soit un objet chargé d'histoire, objecta Constance en étreignant ses genoux de toutes ses forces. Et je suis incapable de sortir seule en pleine nuit, pour m'introduire en douce quelque part, Reed. C'est au-dessus de mes forces. Il y a deux ans, notre majordome m'a surprise en train de fouiller les sacs des invités, et je n'en ai pas dormi pendant une semaine. Si je me faisais prendre, j'en mourrais !

Je grimaçai. La maison Billings n'était pas l'endroit idéal pour une fille aussi craintive. Mais que faire ? Constance voulait vivre ici plus que tout, et ç'aurait dû être une raison suffisante. À quoi bon exiger de nos futures camarades de dortoir qu'elles commettent des larcins ? Je ramenai à mon tour mes genoux sous mon menton, et je me mis à réfléchir sérieusement.

– Bon. On va procéder autrement. Comment se procurer un morceau d'Easton sans entrer dans un bâtiment...

– Josh ! s'exclama Constance.

– Josh quoi ?

Je jetai un coup d'œil sur mon téléphone, comme si Josh était toujours à l'autre bout du fil. Nous avions conclu par une série de mots tendres notre petit rendez-vous téléphonique quotidien de 22 heures.

– Josh a la clé du cimetière de l'art, n'est-ce pas ? chuchota mon amie en me prenant la main. Tu crois qu'il nous laisserait emprunter un tableau ?

– Euh... non... Désolée, mais je ne veux pas l'embarquer là-dedans. Il a eu assez d'ennuis ces deux dernières années. Je m'en voudrais trop de lui en causer de nouveaux.

– Ouais, tu as raison, admit Constance, l'air abattu.

– Bon. Mais peut-être que quelqu'un d'autre pourrait nous aider. Quelqu'un qui connaîtrait ce lycée mieux que nous. Quelqu'un qui a passé plus d'un an ici.

L'évidence nous frappa toutes les deux en même temps, et les yeux de Constance s'allumèrent comme des phares de voiture.

– Whit ! Pourquoi n'y ai-je pas pensé avant ?

– Appelle-le, lui conseillai-je. Whit sait tout ce qu'il y a à savoir sur cet endroit.

Constance se leva et essuya ses paumes moites sur son pantalon. Elle semblait un peu ragaillardie. Elle sortit de son sac son téléphone portable et un Snickers. Je ris en la voyant mordre à belles dents dans la barre chocolatée. Et d'une ! Whittaker allait s'occuper de sa belle. Il ne me restait plus qu'à trouver une idée pour Sabine...

Je m'y serais attelée sur-le-champ, si seulement j'avais su où trouver ma camarade.

La porte s'ouvrit soudain et Portia passa une tête dans l'embrasure. Son visage était tartiné d'un masque bleu.

– C'est bon, ce n'est pas la peine de frapper..., ironisai-je.

Elle soupira.

– Tu n'as pas vu Shy ?

– Pas depuis le dîner.

Portia grogna et brandit son téléphone.

– Son portable est HS et elle m'avait promis de me faire mon masque capillaire !

J'eus un frisson d'appréhension. Je ne savais pas ce que fabriquait Cheyenne, et cela m'était complètement égal. Toutefois, Sabine aussi manquait à l'appel. Si Cheyenne s'en était prise à elle d'une manière ou d'une autre, elle aurait affaire à moi.

– Whit ! Salut, c'est moi ! gazouilla Constance dans son téléphone.

– Portia, tu peux nous laisser, s'il te plaît ? fis-je nerveusement.

Il n'aurait plus manqué qu'elle entende leur conversation.

Portia nous considéra un instant d'un air soupçonneux, devinant que quelque chose se tramait. Puis elle soupira :

– OK. Si tu vois Shy, dis-lui que je l'attends.

– Entendu.

Elle sortit en claquant la porte et Constance ne tarda pas à m'abandonner à son tour. Restée seule dans la chambre, je me mis à fixer le réveil en attendant le retour de Sabine.

Querelle d'amoureux

– Tu n'arrêtes pas de regarder ta montre, fit Josh à Constance alors que nous attendions au self, le lendemain midi. Tu as un rendez-vous galant ?

Constance rougit et faillit renverser sa bouteille d'eau.

– Non. C'est juste que je suis un peu pressée. Je dois aller au bureau de poste avant la reprise des cours.

– Une urgence ? demanda Josh.

– Elle attend un paquet qui a dû arriver ce matin, expliquai-je.

– Reed ! Chuut ! m'ordonna Constance en blêmissant. Elle regarda alentour comme si elle craignait d'être espionnée.

– Il ne faut pas parler de ça ailleurs qu'à...

– Constance, détends-toi ! la coupai-je. Josh est au courant.

Il l'était, en effet. Je lui avais parlé des pratiques en vogue à Billings l'an dernier, avant même qu'on sorte ensemble.

– Attends... Il est encore question de bizutage ? souffla-t-il.

Ses yeux verts étincelaient.

– Reed ! C'est quoi, ces conneries ?

Sa réaction était un poil trop véhémente à mon goût. Constance tressaillit et me regarda d'un air confus, avant de se sauver :

– Je me dépêche d'aller manger !

– Qu'est-ce qui te prend de me parler sur ce ton ? ripostai-je.

Je posai brusquement un sandwich et une pomme sur mon plateau. C'était la première fois, depuis que je le connaissais, que Josh m'apostrophait ainsi. Cela dit, il m'avait semblé un peu à cran toute la journée. Ses yeux étaient injectés de sang et il avait une mine de papier mâché. Son T-shirt gris était tacheté de bleu et de rouge, et de la peinture bleue maculait ses ongles. Il avait dû veiller une partie de la nuit pour terminer un tableau, puis somnoler en cours toute la matinée.

– Désolé, c'est juste que j'ai du mal à croire que ça continue, répondit-il.

Il choisit trois gâteaux et prit un bol destiné à recevoir des céréales sucrées : son menu habituel, à tous les repas.

– Je croyais que tout ça, c'était la faute de...

Il s'interrompit et me lança un regard hésitant, comme si le sujet était tabou. Je soupirai.

– De Noëlle. Moi aussi, je le croyais. Mais apparemment, non.

Apparemment, Cheyenne était prête à reprendre le flambeau. Enfin, au moins, elle n'était pas sortie la veille au soir pour martyriser Sabine, comme je l'avais craint. Cette dernière était réapparue juste avant l'extinction des feux, après avoir passé la soirée à la bibliothèque. Elle semblait en pleine forme, bien qu'épuisée, et elle s'était endormie sans me laisser l'occasion d'évoquer l'épreuve imposée par Cheyenne. Quant à celle-ci, j'ignorais où elle était allée et à quelle heure elle était rentrée.

– Si Constance veut être acceptée à Billings, il faut qu'elle joue le jeu, continuai-je. Heureusement, elle a Whittaker de son côté. C'est lui qui lui a envoyé un paquet...

– Eh bien, elle a peut-être tort de vouloir être acceptée à Billings, dit Josh avec amertume.

Il enfonça le poussoir du distributeur de céréales et remplit son bol à ras bord.

– En fait, peut-être que vous devriez toutes les deux quitter ce panier de crabes.

– Quoi ? lâchai-je, estomaquée.

Josh prit une tasse vide et la posa devant la machine à café.

– Je suis sérieux, Reed. Qu'est-ce que ça t'apporte de vivre dans ce dortoir ? chuchota-t-il en regardant autour de lui avec méfiance.

Seul un employé de la cafétéria était à portée de voix.

– De bonnes recommandations ? reprit Josh. Des fêtes sympas ? Tu obtiendras les recommandations de tes professeurs et je t'emmènerai dans les fêtes sympa. Tu n'as pas besoin de participer à leurs conneries, tu sais...

Je touchai le pendentif qui ornait ma poitrine, tout sauf convaincue par ses arguments. Tout le monde rêvait d'être à Billings. Être à Billings, c'était être admirée, être crainte. Faire partie de l'élite. On ne renonçait pas à cela, même si ça avait failli vous tuer.

– Je ne veux pas quitter Billings, protestai-je. Et je ne veux pas non plus que Constance, Sabine ou les autres filles soient obligées de le faire.

À part peut-être Missy et Lorna, mais c'était un autre sujet.

– Je crois que Billings sera différent cette année, avec elles.

– Tu parles...

Je m'arrêtai net, agacée. Il était crevé, et alors ? Ce n'était pas une raison pour être désagréable. Je n'étais pas sûre d'avoir envie de manger à sa table, et de supporter sa mauvaise humeur.

J'hésitais sur la conduite à tenir quand je vis approcher Ivy Slade. Elle me regarda de haut en bas avec ses yeux noirs perçants, avant de poursuivre son chemin. Qu'est-ce qu'elle me voulait, exactement ? Est-ce qu'elle dressait un inventaire de ma garde-robe ?

Voyant là l'occasion de donner une leçon à Josh, je la rejoignis à la table où elle prenait ses repas en solo.

– Salut, dis-je en me plantant devant elle au moment où elle s'asseyait.

Elle cligna des yeux.

– Salut.

Son intonation était froide et dédaigneuse, mais il en fallait plus pour m'impressionner. J'étais vaccinée.

– Je m'appelle Reed Brennan...

– Je sais. Tu es la fille à cause de qui Thomas Pearson a été tué.

– Quoi ? m'étranglai-je.

– Quoi ? répéta-t-elle, avec un air innocent. C'est vrai, non ?

– Je...

Voilà. Elle avait réussi à me clouer le bec. Comment répondre à ce genre d'insulte ? J'étais venue faire un brin de causette, tenter de sympathiser avec elle, éventuellement l'interroger sur Taylor. Pour avoir vu comment elle se comportait dans la cour, je ne m'attendais pas à ce qu'elle me saute au cou, ni à ce qu'elle m'accueille chaleureusement, mais je n'étais quand même pas préparée à ça.

– Tu voulais quelque chose ? me demanda-t-elle en levant sa fourchette.

– Non. Je crois que c'est tout.

Elle me fixa et je lui rendis son regard, espérant lui montrer qu'elle me laissait indifférente, malgré sa grossièreté, sa bizarrerie et son air lugubre. Je n'étais pas intimidée. J'étais une fille Billings. C'était à moi qu'il appartenait de toiser les gens.

– Si c'est tout, articula-t-elle très lentement, comme pour s'adresser à une attardée mentale, qu'est-ce que tu attends pour partir ?

Elle avait raison : je n'allais pas rester plantée là toute la journée.

– Rien, fis-je, avec le peu de dignité que je parvins à rassembler.

En regagnant ma table, je sentis le feu de ses yeux noirs me transpercer le dos.

Jalousie

Le silence de la bibliothèque n'était troublé que par le léger bruit des pieds de Josh, qui tressautaient sous la table. Comme souvent, il ne tenait pas en place.

– Tu voudrais être ailleurs ? lui demanda Cheyenne avec un sourire malicieux.

« Ne lui parle pas ! Je ne t'autorise même pas à le regarder », l'apostrophai-je en pensée.

Josh s'immobilisa.

– Désolé.

Cheyenne lui lança un regard complice et retourna à son travail. J'avais envie de l'assommer avec mon livre. Sabine, au bout de la table, m'adressa un « tu vois ? » muet.

« Tu te fais des idées, tentai-je de me raisonner. Tu connais Cheyenne, c'est une séductrice. Peut-être que Josh lui plaît, mais ce n'est pas réciproque pour autant. »

Enfin, j'étais outrée qu'elle ose ainsi l'allumer devant moi. Et devant Trey. Ce dernier, assis à côté de Sabine, lui lançait des coups d'œil si meurtriers que je me demandai pourquoi ils avaient rompu. Et, accessoirement, pourquoi il s'asseyait avec nous si le voisinage de Cheyenne l'insupportait à ce point.

Josh recommença à s'agiter. Gage poussa un grognement exaspéré et passa les mains dans ses cheveux, qui restèrent dressés sur sa tête.

– Putain, mec, tiens-toi tranquille, dit-il en balançant rageusement son stylo. Faut revoir ton dosage de médocs, bordel !

– Tss-tss ! Il y a des demoiselles parmi nous, le sermonna Trey.

– Foutez-moi la paix, intervint Josh, qui s'arrêta néanmoins de taper du pied.

Je lui effleurai l'avant-bras.

– Ça va ?

– Ouais. C'est juste cet exam qui me stresse.

Il posa son stylo et se frotta les yeux.

– J'ai peut-être besoin de faire une pause, chuchota-t-il. Distrais-moi…

Je souris.

– Je t'ai dit que Sabine et moi nous nous étions portées volontaires pour faire le service au Driscoll ?

– Impeccable, renifla Gage. Ça te donnera l'occasion de mettre ton col bleu [1].

Cheyenne eut un rire bref qu'elle dissimula en quinte de toux. Je les ignorai et regardai Sabine, espérant que ce commentaire tuerait dans l'œuf sa passion pour Gage. Hélas, elle continuait à le dévorer des yeux.

– Tu devrais t'y inscrire aussi, suggérai-je à Josh. Comme ça, on serait ensemble.

– On s'est déjà inscrits au comité de restauration, dit-il en saisissant son crayon par les deux bouts comme s'il voulait le briser.

– Ouais, désolée, j'ai complètement phagocyté ton mec, intervint Cheyenne en caressant le bras de Josh du bout des doigts.

La moutarde me monta au nez. Je regardai Sabine, qui faisait mine de se concentrer sur sa lecture. Elle n'en pensait pas moins, bien sûr.

– Le comité de restauration ? répétai-je d'une voix plus stridente que je ne l'aurais voulu. Pourquoi ?

Josh haussa les épaules.

– On en a parlé en cours et on s'est dit que ce serait sympa de faire un truc tous ensemble.

– Tous ? demandai-je.

---

1. Le terme « col bleu » désigne un ouvrier, par opposition à « col blanc » qui désigne un employé de bureau.

– Entre terminales, précisa Cheyenne.

Elle jubilait visiblement.

– C'est la dernière année qu'on passe ensemble, ajouta-t-elle. On a décidé d'en profiter au maximum.

– Exact, confirma Josh.

– Ah !

Pourquoi pas ? Mais Josh n'avait-il pas pensé une seconde que ce serait sympa de faire quelque chose avec moi ? Pour notre dernière année ensemble à Easton ?

– Il va falloir que tu t'y habitues, Reed. Les terminales organisent une foule d'événements entre eux, précisa Cheyenne en griffonnant sur son cahier. Enfin, ne t'inquiète pas pour Josh. Je veillerai à ce qu'il ne se sente pas trop seul.

Josh la regarda et ils rirent. La jalousie me consumait de l'intérieur.

– Je peux m'inscrire pour le service avec vous, offrit Trey.

– C'est vrai ?

– Ouais. Je n'ai aucune envie de participer aux trucs des terminales, dit-il en jetant un coup d'œil ironique vers Cheyenne. J'irai m'inscrire demain.

– Cool.

Cheyenne haussa les épaules.

– C'est parfait, Trey. J'ai déjà toutes les recrues dont j'ai besoin.

Elle posa sur Josh un regard possessif qui acheva de me mettre le sang en ébullition. Il fallait que je trouve une repartie, n'importe quoi… Mais j'étais limitée, si je ne voulais pas passer pour la nana parano et jalouse. Pourquoi Cheyenne avait-elle toujours le dernier mot ?

Présentation

Le samedi soir, je pris place sur un canapé du salon entre Rose et Portia. Cette dernière, qui arrangeait compulsivement ses cheveux, me donnait sans arrêt des coups de coude. Cinq de nos six nouvelles résidentes – que Cheyenne s'obstinait à nommer « candidates », alors qu'elles vivaient déjà parmi nous – étaient en rang devant la cheminée, et chacune avait quelque chose à ses pieds, caché dans un sac ou recouvert d'un tissu.

Constance se mordait les lèvres et me jetait des coups d'œil excités. Je me forçai à lui sourire ; j'étais inquiète pour Sabine, qui se faisait attendre.

– Où est-elle ? demanda Rose.

– Je n'en sais rien.

Ma camarade de chambre m'avait assuré plusieurs fois, pendant les dernières vingt-quatre heures, qu'elle avait trouvé une solution. Laquelle ? Je n'en avais pas la moindre idée. Peut-être avait-elle simplement décidé de renoncer. Peut-être pensait-elle, comme Josh, que le jeu n'en valait pas la chandelle.

– Bon, on avait dit soixante-douze heures, et cela fait soixante-douze heures plus deux minutes, remarqua Cheyenne. Il est plus que temps de commencer.

Au même instant, nous entendîmes claquer la porte d'entrée et Sabine entra en courant, hors d'haleine. Elle portait dans ses bras un grand parchemin noir.

– C'est terminé ? haleta-t-elle. J'arrive trop tard ?

Tous les regards convergèrent vers Cheyenne, qui bomba le torse, ivre de pouvoir.

– Que cela ne se reproduise pas, dit-elle froidement.

Sabine poussa un soupir de soulagement et alla se placer à l'extrémité du rang, près d'Astrid. Cheyenne l'apostropha :

– Non, non ! Tu te mets ici.

Elle fit signe à Kiki et Constance de s'écarter pour lui faire une place.

Que manigançait-elle ? Je regardai Rose, qui haussa les épaules.

Lorsque toutes les nouvelles furent à leur place, Tiffany prit une photo du petit groupe angoissé.

– Commençons, décréta notre leader en s'avançant vers l'extrémité du rang. Lorna, qu'est-ce que tu nous as apporté ?

L'intéressée déglutit et regarda Missy, qui lui fit une moue encourageante. Elle se racla la gorge et fouilla dans son sac Neiman Marcus, dont elle tira une petite plaque dorée, tordue et légèrement rayée. « À la mémoire de Robert Robertson, 1935 », y lisait-on.

Des ricanements fusèrent. Tiffany prit un nouveau cliché, au flash.

– Tu as volé la plaque de Big Bubba ? dit Cheyenne d'un ton neutre.

– C'est une partie de l'histoire d'Easton, se justifia timidement Lorna.

Big Bubba était le gros chêne qui trônait devant la chapelle, dédié à un ancien élève d'Easton nommé Robert Robertson.

– Bon... c'est mal parti, soupira Cheyenne.

Lorna pâlit et rangea la plaque dans son sac. Son menton tremblait, mais elle se retint de pleurer. Je me surpris à la plaindre. Certes, sa prestation n'était guère impressionnante, mais c'était mieux que rien.

Cheyenne se planta ensuite devant Missy :

– Montre-nous si tu as fait mieux, lui proposa-t-elle.

– Évidemment ! fit l'intéressée.

Charmante façon de soutenir sa meilleure amie ! Elle sortit de son sac un petit livre relié de cuir. J'ouvris des yeux ronds. Rose se leva pour mieux voir.

– Est-ce que c'est le...

C'était le cahier fondateur de l'Académie d'Easton.

Cheyenne était impressionnée, et pour cause... Cette relique était habituellement conservée dans une vitrine cadenassée, dans le hall de la bibliothèque.

– Bravo pour l'opération commando, Missy ! la félicita Portia.

– J'ai des relations, fanfaronna celle-ci.

Lorna verdit lorsque Cheyenne rendit le livre à Missy :

– Pas mal. La barre est désormais placée un peu plus haut. Kiki ? À ton tour.

Kiki fit claquer sa bulle de chewing-gum, se tourna et ramassa un lourd objet posé par terre, qu'elle posa sur la table. Elle ôta le drap qui le recouvrait et un silence de plomb s'abattit sur l'auditoire. L'objet était une petite pierre grise et carrée, sur laquelle était gravée une date : 1858. L'usure avait partiellement effacé les chiffres. C'était une pierre d'angle de Gwendolyn Hall, le premier bâtiment à avoir abrité des salles de classe à Easton.

– Kiki, qu'est-ce que tu as fait ? soufflai-je, atterrée.

Elle haussa les épaules et souffla une nouvelle bulle de chewing-gum.

– Ce n'était pas bien difficile. J'ai utilisé une barre à mine et elle est sortie toute seule. Cette baraque tombe en ruine, de toute manière.

– Quel cran ! apprécia Tiffany en prenant quelques photos.

– Tiff, ce n'est pas forcément une bonne idée..., intervint Cheyenne en levant une main.

Pour la première fois, elle semblait s'interroger sur le bien-fondé de cette épreuve. Tout le monde regardait Kiki avec un mélange de respect et de crainte. Elle rentra dans le rang et fit claquer sa bulle.

– C'est vrai, admit Tiffany en rangeant son appareil.

– Bon, dit Cheyenne. À toi, Sabine. Je me demande comment tu vas pouvoir faire mieux...

Sabine leva le menton, déroula son parchemin et le brandit face à nous. C'était l'une des bannières noires qui pendaient d'ordinaire entre les vitraux de la chapelle. L'année y était brodée : 1984, ainsi que les noms de Susan Llewellyn et de Gaylord Whittaker. Comment avait-elle bien pu décrocher ce truc ? Impressionnant.

Cheyenne la regarda d'un air morne.

– Qu'est-ce que c'est ?

– C'est la bannière de remise des diplômes de 1984, expliqua Sabine. En faisant des recherches sur l'histoire de Billings, j'ai appris que Susan Llewellyn, qui siège au bureau des directeurs, est une ancienne résidente. De plus, elle a été major de sa promo cette année-là...

Rose hocha la tête d'un air admiratif. Je partageais son sentiment.

– Qui est Gaylord Whittaker ? demandai-je. Est-ce qu'il est de la famille de...

– C'est l'oncle de Whit, m'interrompit Constance. On l'appelle Guy.

Portia étouffa un rire et me donna un coup de coude dans les côtes en faisant bouffer ses cheveux.

– Ouille ! protestai-je.

Elle me lança un regard exaspéré et s'écarta en soufflant.

– Au suivant ! claironna Cheyenne.

Je serrai les poings. C'était tout ? Pas un compliment, rien ? Cheyenne devait pourtant reconnaître que Sabine s'était donné du mal pour subtiliser ce truc dans la chapelle. Sans parler des recherches qu'elle avait effectuées. Et ma camarade ne m'avait à aucun moment sollicitée pour l'aider. Si ce n'était pas ça, avoir l'étoffe d'une fille Billings, qu'est-ce qu'il fallait ?

– Constance ? fit Cheyenne.

Mon amie souleva son grand sac de shopping Barneys. Elle ne m'avait pas révélé ce que Whittaker lui avait envoyé, préférant me faire la surprise. Elle fouilla à l'intérieur du sac et tira un coup sec, mais le contenu resta coincé. Cheyenne roula les yeux et fit claquer sa langue, ce qui acheva de stresser Constance. Elle déchira le sac pour dévoiler une veste bleu marine portant les armoiries d'Easton sur la poche, une cravate rayée bleue et jaune, ainsi qu'une casquette bleue.

– Super ! s'écria Tiffany. C'est un ancien uniforme d'Easton, n'est-ce pas ?

– Du début du XIXe siècle, confirma Constance.

Quelqu'un siffla, impressionné.

– Historiquement, c'est difficile de trouver plus significatif, déclara Rose.

Constance était aux anges.

– Ouais, et on se demande où tu l'as eu…, dit Cheyenne.

Constance recula, interloquée.

– Il y a un problème ? demandai-je.

– Je pensais avoir dit clairement qu'elles ne devaient pas se faire aider, rétorqua Cheyenne. Est-ce que tu t'es procuré ça sur le campus, Constance ?

« Ne réponds pas. Surtout, ne réponds pas ! Abats ton joker ! »

– Euh… non, avoua Constance.

– Alors, d'où ça vient ? demanda Cheyenne en croisant les bras. De ton petit ami, bien sûr !

– Whit est tout sauf petit, plaisanta London.

Constance était écarlate.

– Fichez-lui la paix, tonnai-je.

– Tu n'as jamais dit explicitement qu'elles devaient voler quelque chose, signala Rose à Cheyenne. Tu leur as juste demandé de rapporter un « morceau » d'Easton. Certaines ont supposé que cela impliquait de le voler, c'est tout.

Comme toujours, Rose avait raison. Constance, un peu rassérénée par ce soutien, releva le menton. Cheyenne regarda Rose en plissant les yeux et ses narines palpitèrent.

– Il n'empêche qu'elle a choisi la facilité. Et je suis sûre que ses camarades n'apprécient pas.

Que je sache, aucune des nouvelles n'avait protesté. Missy et Lorna toisèrent Constance avec dédain. Kiki se contenta de fixer la casquette avec convoitise, et l'expression de Sabine ne disait rien d'autre que sa sympathie. Finalement, Cheyenne se tourna vers Astrid.

– Et la dernière, mais certainement pas la pire...

Astrid nous regarda à tour de rôle, comme si elle hésitait. Puis elle s'accroupit pour soulever un lourd objet enveloppé dans une couverture, qu'elle transporta péniblement au centre de la pièce. Les filles assises derrière moi se levèrent pour voir. Astrid souleva la couverture, qui masquait une vieille cloche de cuivre terni. On aurait dit la cloche de l'école de *La petite maison dans la prairie*.

– Waouh ! fit Portia, très théâtrale.

– Comment tu t'es procuré ça ? demanda Tiffany.

– Ah, voilà ce que j'attendais ! intervint Cheyenne.

Astrid gardait les yeux rivés au sol.

– Pas possible ! s'écria London en s'accroupissant près de la cloche. Ça ne peut pas être celle-là ! C'est forcément une copie...

– Une copie d'une cloche de l'école ? lâcha Tiffany.

– Euh… les filles, c'est quoi ? me renseignai-je.

– C'est la vieille cloche, dit Cheyenne avec un sourire. Elle est restée accrochée dans la tour de Gwendolyn Hall de 1838 jusqu'à 1965. Ils l'ont retirée parce que ses supports avaient pourri. Depuis ce jour, elle trône au centre de la table, dans la salle de réunion des directeurs.

Cheyenne, comme de bien entendu, était très au fait de l'histoire officielle de ce lycée.

Je regardai Astrid avec stupéfaction. Comment pouvait-elle connaître l'existence de cette cloche, elle qui venait d'arriver ? Personnellement, je ne savais même pas où siégeait le bureau des directeurs. Comment s'y était-elle introduite ? Et surtout, comment avait-elle pu en sortir un truc aussi énorme ?

– Eh bien, la félicita London avec un sourire. Tu ne manques pas de cran !

– Comment tu as fait ? voulut savoir Tiffany.

– Tu dois avoir de méchantes courbatures dans les bras.

Les bavardages emplirent soudain la pièce et toutes les filles se rassemblèrent autour d'Astrid pour la féliciter et admirer son butin.

– Comment connaissais-tu l'existence de ce truc ? lui demandai-je.

Astrid rougit violemment et implora Cheyenne du regard.

– Je… euh… j'ai lu un truc dessus, fit-elle enfin.

La vérité me frappa soudain comme si j'avais reçu une enclume sur la tête. Cheyenne l'avait aidée ! Voilà pourquoi elles avaient échangé des messes basses devant la chapelle. Puis Cheyenne s'était arrangée pour qu'Astrid présente sa trouvaille en dernier, sachant que la cloche ferait un final remarquable. Elle reprochait à Constance d'avoir reçu de l'aide, alors qu'elle-même avait tenu la main de son amie pendant toute l'épreuve.

J'ouvrais la bouche pour lui dire ses quatre vérités quand Cheyenne frappa dans ses mains, réclamant notre attention.

– Bien ! J'avoue que certaines d'entre vous m'ont impressionnée, annonça-t-elle.

J'aurais adoré la confondre, mais je craignais d'embarrasser Astrid, que j'aimais bien et qui semblait vraiment penaude.

– Astrid, Missy, Kiki, joli travail. Vous vous êtes vraiment donné du mal. Merci ! Quant aux autres...

Cheyenne regarda tour à tour Constance, Lorna et Sabine.

– Je ne sais même pas quoi dire...

Constance se ratatina et recula comme si elle voulait s'enfoncer dans le mur. Et c'est là que je compris : Cheyenne avait décidé depuis longtemps, bien avant d'imaginer ce test, que trois filles allaient remporter l'épreuve et que trois autres échoueraient. Astrid était son amie ; sa famille prenait régulièrement le thé en compagnie du prince William. Missy était une « héritière » et Kiki, une des élèves les plus brillantes de première dont le père, un magnat de l'informatique, était richissime. Elles feraient toutes les trois des filles Billings parfaitement acceptables. Lorna, par contre, avait un physique quelconque et zéro personnalité. Constance était gentille et sans prétention. Quant à Sabine, c'était... mon amie. Je ne voyais rien d'autre qui puisse jouer en sa défaveur. Sinon peut-être qu'elle était gentille et ne s'attachait pas aux choses matérielles.

– Cheyenne, allons..., tentai-je.

Elle m'ignora royalement.

– Chacun a sa place dans ce monde, fit-elle. Je pense que vous devriez toutes les trois vous demander si vous voulez vraiment vous cramponner à un endroit qui, de toute évidence, n'est pas fait pour vous.

Constance me regarda avec des yeux pleins de larmes. J'avais envie d'arracher le cœur de Cheyenne pour lui donner une idée de la souffrance qu'elle causait à ces filles.

– Ce soir, vous rapporterez ces objets où vous les avez trouvés, décréta Cheyenne.

– Pardon ? lâcha Astrid.

– Je croyais que tu voulais décorer le dortoir, dit Sabine.

– Comme si on allait le décorer avec des objets volés, s'esclaffa Cheyenne. Vous me prenez vraiment pour une idiote ? Je veux que toutes ces choses aient retrouvé leur place avant l'aube. Bien sûr, il suffira à certaines personnes d'appeler un transporteur, railla-t-elle en toisant Constance avec mépris. Je souhaite bonne chance aux autres !

London, Vienna et Portia s'amusèrent des expressions ahuries des nouvelles, puis entraînèrent leur égérie dans le couloir. Constance se tourna vers le mur pour cacher ses larmes et Lorna sortit en courant. Je n'avais jamais apprécié cette fille, mais je compatis à son désespoir. Je les plaignais toutes, même celles qui avaient obtenu la bénédiction de Cheyenne. Elles allaient devoir jouer les cambrioleuses à l'envers. Et, dans le cas de Lorna et de Kiki, tenter de réparer l'irréparable.

Jamais je n'avais eu à ce point envie d'étrangler quelqu'un.

Le vote

Je me réveillai en pleine nuit, une main étrangère plaquée sur la bouche. Prise de panique, je voulus crier, mais je dus me contenter d'un grognement étouffé. Une lampe torche s'alluma et éclaira le visage de Tiffany. Je cessai de lutter. Tiff posa un doigt sur ses lèvres et m'indiqua le lit voisin, où Sabine dormait à poings fermés.

– On y va ! chuchota-t-elle.

– Où ça ?

Elle me fit un signe du menton pour m'indiquer la porte, et je découvris Rose et Portia dans l'embrasure, en tenue de nuit. La première arborait un pyjama très femme enfant, tandis que son amie portait une longue chemise de nuit de soie verte. Elles avaient chacune une chandelle allumée à la main. Intriguée, je me levai, glissai mes pieds dans mes pantoufles et les rejoignis dans le couloir. Tandis que Tiffany refermait doucement la porte derrière nous,

Portia me mit d'autorité une chandelle dans la main et l'alluma. Puis elle en tendit une autre à Tiff. Des bruits de pas et des murmures montaient du rez-de-chaussée.

– Que se passe-t-il ? demandai-je.

– On va voter, dit Rose.

Voter ? Ainsi, cette comédie n'était pas terminée. Malgré les consignes très claires de Cromwell, nous allions continuer à faire semblant de choisir nos futures camarades de dortoir.

– Allez, les filles ! chuchota une voix impatiente au pied de l'escalier. Vous attendez de recevoir une invitation gravée dans le marbre, ou quoi ?

Nous descendîmes les marches sur la pointe des pieds. Je m'attendais à suivre mes camarades dans le salon, mais Portia tourna avant d'arriver et nous fit signe de la suivre vers la porte du fond, qui restait toujours fermée à double tour.

– Où va-t-on ? murmurai-je.

Personne ne prit la peine de me répondre. Ce n'est qu'au moment où Portia nous indiqua de tourner sous l'escalier que je compris. Pour la première fois depuis que je vivais à Billings, la porte de la cave était ouverte.

– On va se réunir dans la chaufferie ? plaisantai-je.

À ma connaissance, il n'y avait que la chaudière en bas. Du moins, c'est ce qu'on m'avait toujours dit...

Une fille gloussa et Portia haussa les épaules avant de s'engouffrer dans la cage d'escalier exiguë, protégeant d'une main la flamme de sa bougie. Parvenue en haut des marches, je distinguai cinq ou six têtes devant moi, qui descendaient à la queue leu leu dans la faible lueur des chandelles. Je n'étais pas rassurée.

– Qu'est-ce qu'il y a en bas ? demandai-je à Rose par-dessus mon épaule.

– Les oubliettes, chuchota-t-elle d'une voix sinistre.

Sa plaisanterie ne suffit pas à me détendre.

Portia, qui me précédait, était déjà cinq ou six marches devant moi. Tiff et Rose attendaient derrière. Il était temps que je me décide à bouger. Les genoux tremblants, je m'engageai dans l'escalier grinçant et je sentis aussitôt une bouffée d'air frais m'envelopper. Je frissonnai dans ma chemise de nuit et la flamme de ma bougie se coucha. Je me dépêchai de la protéger.

Au pied de l'escalier, une énorme porte de bois était ouverte. Au-delà, l'obscurité était encore plus dense. Les filles descendues avant moi s'étaient placées tout autour d'une petite pièce glaciale. Je me cognai un orteil, jurai tout haut et allai en clopinant me ranger près de Portia, face à Vienna, London et Cheyenne. Lorsque notre groupe fut au complet, Tiffany poussa la porte, qui se ferma en grinçant.

Je ne me savais pas claustrophobe, pourtant mes tempes se mirent à bourdonner et un profond malaise m'envahit.

Quelque part, tout près de moi, des gouttes tombaient sur le sol avec une régularité de métronome. Un objet dur appuyait sur mon mollet. Il faisait si noir que je ne voyais même pas mes pieds.

– Bienvenue, mes chères sœurs de Billings, dans le cercle intime, déclama soudain Cheyenne.

Son intonation ne fit qu'accroître mon malaise.

– Il y a de nombreuses années, continua-t-elle, nos sœurs ont imaginé ce rituel pour choisir les membres de la maison Billings. Ce soir, nous allons perpétuer la tradition. Asseyez-vous, je vous prie.

Mes camarades obéirent sans protester. Ne sachant ce qui se trouvait derrière moi, j'hésitai un instant avant de les imiter. Lorsque je me décidai enfin, mon derrière percuta brutalement le bras d'un fauteuil et je me mordis la lèvre pour ne pas crier de douleur. Cheyenne s'avançait déjà au centre du cercle, vêtue d'une magnifique chemise de nuit blanche à festons. Elle alluma avec sa bougie une antique lanterne d'argent et je distinguai enfin les visages de mes neuf camarades, ainsi que les fauteuils sur lesquels elles s'étaient assises. Je remarquai aussi, alignés contre le mur, six chevalets supportant des photos de nos nouvelles recrues. Un bol noir trônait devant chaque chevalet. Dans les bras de nos fauteuils étaient creusés des sortes de réceptacles. Celui de gauche contenait six billes blanches et celui de droite, six noires. Sur l'accoudoir de droite était aussi fixé un bougeoir en argent. À l'exemple de Portia, j'y installai ma chandelle.

– Je vais toutes vous appeler à tour de rôle, reprit Cheyenne. Quand vous entendrez votre nom, vous vous lèverez et vous irez placer une bille dans les bols de nos sœurs candidates : une bille blanche si vous les acceptez parmi nous, une noire dans le cas contraire. Nous commencerons par Portia Ahronian. Portia, s'il te plaît...

Du coin de l'œil, je vis Portia choisir trois billes noires et trois blanches. Elle longea lentement la rangée de portraits et déposa son vote en faisant mine de réfléchir. Quand ce fut terminé, elle revint s'asseoir.

– Merci, lui dit Cheyenne. Reed Brennan, à ton tour.

Vive l'ordre alphabétique ! Pour une fois, je ne venais pas en dernier ! Je ramassai ostensiblement toutes mes billes blanches et allai en mettre une dans chaque bol. C'est à peine si j'hésitai devant la photo de Missy. J'étais décidée à ne faire aucune discrimination.

En passant devant Cheyenne, je lui lançai un regard plein de défi. Elle se contenta de lever les yeux au ciel.

Le vote fut de courte durée. De toute évidence, nous avions arrêté nos choix à l'avance. Lorsque nous eûmes retrouvé nos places, Cheyenne alla prendre le bol d'Astrid et le renversa sur une étoffe noire, près de la lanterne. Dix billes blanches.

– Astrid Chou est admise à l'unanimité, déclara-t-elle.

Des sourires accueillirent cette nouvelle. Cheyenne passa au bol de Kiki, qui contenait une bille noire et neuf blanches.

– Kiki Rosen est admise parmi nous, annonça Cheyenne.

Venait ensuite le bol de Constance. Je retins mon souffle, comptai et recomptai… Cheyenne aspira de l'air entre ses dents.

– Ah, presque…, fit-elle. Six contre quatre. Constance Talbot est refusée.

J'agrippai les bras de mon fauteuil. Le moment était mal choisi pour faire un scandale. Il me faudrait au moins attendre la fin de cette cérémonie archaïque.

Cheyenne continuait, imperturbable :

– Lorna Gross… refusée. Missy Thurber, admise à l'unanimité.

« Sans blague. »

Sabine venait ensuite. Son bol contenait cinq billes blanches et cinq noires.

– Égalité ! dit Cheyenne. Quel suspense !

– Que fait-on dans ce cas ? se renseigna Rose.

– En cas d'égalité, la plus ancienne de Billings vote une deuxième fois, lui indiqua Tiffany.

– Alors, c'est moi ! s'exclama joyeusement Cheyenne.

Je me levai.

– Attends ! Au nom de quoi serais-tu la plus ancienne ? Il y a neuf terminales dans cette pièce.

– Il ne s'agit pas d'ancienneté à l'école, Reed, m'expliqua Portia. Cheyenne l'emporte parce qu'elle a l'héritage le plus long.

– L'héritage le plus long ?

– Ma mère, ma grand-mère et ma tante ont résidé à Billings, rappela Cheyenne avec morgue. Personne dans cette pièce ne peut en dire autant.

Elle ne me laissa guère le temps de digérer cette information.

– Donc, bien qu'il me soit pénible d'endosser cette responsabilité, continua-t-elle avec des airs de martyr, je vais devoir dire…

Elle choisit une bille sur l'accoudoir droit de son fauteuil et la jeta au milieu des autres avec un rictus triomphant.

– Refusée.

– Tu n'es qu'une garce assoiffée de pouvoir, lâchai-je en croisant les bras.

– Reed ! s'étrangla London.

– Tu es dans un lieu sacré, Reed, rétorqua Cheyenne. On apprécierait que tu surveilles ton langage.

– Un lieu sacré ? Tu te fiches de moi ? Vous avez toutes évalué ces filles sur la base d'une épreuve ridicule que tu as toi-même imaginée ! Une épreuve que tu as aidé Astrid à accomplir.

– Pardon ? fit Cheyenne, une main sur le cœur.

– Ne fais pas l'innocente ! Tu as humilié Constance parce que Whittaker l'avait aidée, alors que tu as toi-même suggéré à Astrid de voler la cloche. Je parie que tu t'es aussi servie de tes relations pour lui procurer une clé de la salle où elle se trouvait. Avoue : tu avais décidé quelles filles seraient admises avant même qu'on ait voté.

– C'est vrai, Cheyenne ? demanda Rose.

– Bien sûr que non ! répliqua sèchement Cheyenne sans me quitter des yeux. Et c'est pourquoi Reed ne peut pas prouver ce qu'elle avance.

– Vous n'êtes pas obligées de me croire. Je sais que c'est vrai, ça me suffit, déclarai-je. Ce test était complètement bidon.

Je regardai le petit groupe :

– Est-ce que vous trouvez vraiment judicieux de choisir de cette manière les filles avec qui vous allez vivre jusqu'à la fin de l'année ?

– Tu ne comprends pas, Reed. La question n'est pas seulement de savoir avec qui on va vivre. Il s'agit de savoir qui va représenter Billings aux yeux du monde, expliqua Cheyenne, condescendante. Si nous voulons perpétuer l'image de ce dortoir, nous devons accueillir les personnes qui conviennent. Lorna, Sabine et Constance ne conviennent pas.

– De ton point de vue.

– Il y a eu un vote…

Je serrai les dents.

– Très bien. Vous avez voté l'exclusion de trois personnes. Qu'est-ce que vous allez faire, maintenant ? Le directeur les a placées ici d'office, Cheyenne. Cette cérémonie n'est qu'une mascarade, de toute manière.

– Je te l'ai déjà dit, Reed, il y a toujours moyen de faire quelque chose. On ne peut pas les jeter dehors, c'est vrai… mais on peut leur demander de partir.

– Quoi ?

– Si elles décident toutes les trois de partir de leur plein gré, le directeur ne pourra pas les en empêcher, n'est-ce pas ? Les élèves d'Easton peuvent demander à changer de dortoir en toute circonstance. C'est un des nombreux privilèges pour lesquels nos parents paient si cher. Enfin… certains parents, ajouta-t-elle avec un sourire acerbe.

Et voilà. Petite pique au passage pour l'élève boursière que j'étais… Quelle élégance ! Mais le pire, c'était que personne d'autre que moi n'élevait la voix pour la contredire. Pour lui signaler que son projet était insensé.

– Alors, tu vas les torturer jusqu'à ce qu'elles demandent grâce et supplient Cromwell de les changer de dortoir ? résumai-je.

– Je ne l'aurais pas exprimé dans des termes aussi cruels, mais au fond, oui, admit Cheyenne en haussant les épaules.

– Je ne te laisserai pas faire.

Cheyenne gloussa.

– Ah oui ? Et comment comptes-tu m'en empêcher ?

– Avec mon aide, s'écria Tiffany en se levant.

Ouf ! Tout de même…

– Et la mienne, ajouta Rose avec un peu moins d'empressement.

Leur intervention me fit chaud au cœur. Elle en irrita d'autres :

– Merci beaucoup, Rose ! dit sèchement Cheyenne.

– Moi, je veux juste que tout le monde s'entende, se justifia Rose. On a déjà eu assez de drames comme ça.

Cheyenne lui jeta un regard outragé, mais se reprit aussitôt.

– Quelqu'un d'autre veut-il démissionner ? lança-t-elle à la cantonade. Quelqu'un d'autre veut-il prendre la responsabilité du déclin de Billings ?

Pas de réponse.

– Bon, fit-elle. On dirait que les camps se sont dessinés…

Là-dessus, elle nous décocha un sourire triomphant et je luttai contre une envie terrible de la gifler.

Début des hostilités

– Je me demande vraiment comment tu t'es débrouillée pour décrocher cette bannière, dis-je à Sabine, le lendemain matin au petit déjeuner.

Je m'efforçais de donner un ton léger à notre conversation pour oublier ce qui s'était passé pendant la nuit.

– Il faudra que tu me racontes…

Sabine, qui jouait avec ses flocons d'avoine, me regarda d'un air coupable.

– J'ai reçu de l'aide, avoua-t-elle.

Puis, après un silence :

– De l'aide de Gage.

– De Gage ? m'étranglai-je. Attends ! Gage connaît le sens du mot « aider » ?

– Ah ! c'est pour ça qu'il avait disparu, dit Josh.

– En fait, il est très gentil, tu sais. Il gagne à être connu, assura Sabine avec ferveur.

Josh et Trey, assis avec nous à la table de Billings, éclatèrent de rire. Sabine lâcha sa fourchette et se renfrogna.

– Les mecs ! Vous êtes nuls ! les réprimandai-je.

– Désolé, fit Josh.

– C'était peine perdue, de toute manière, dit Sabine en fixant son assiette d'un air morose. Ces filles ne m'accepteront jamais.

– Bien sûr que si ! lui assurai-je. Tout le monde t'aime bien... Cheyenne est un peu autoritaire, c'est vrai. On peut croire que c'est elle qui commande, mais c'est faux.

– Ce n'est pas l'impression que j'ai eue hier soir, rétorqua Constance en s'affalant sur la table.

– Moi non plus, pas du tout, enchaîna Sabine.

Je me renversai sur ma chaise et soupirai. Ces deux-là ne seraient jamais capables d'affronter ce qui les attendait si elles s'avouaient déjà vaincues après une petite épreuve de rien du tout. Et de fait, Constance et Sabine semblaient épuisées. Elles avaient dû passer une partie de la nuit à remettre en place les objets chapardés. Je leur avais proposé mon aide, mais Sabine, Astrid et Kiki avaient promis de s'entraider, et Constance, ravalant sa peur au nom de la solidarité, s'était proposée aussi. Apparemment, tout s'était bien passé, puisque aucune ne manquait à l'appel ce matin. Je me demandai toutefois ce que Cheyenne leur réservait pour la suite.

Cette dernière quittait justement la queue du self en compagnie de Portia, London, et Vienna. Elle grimaça en nous voyant et s'avança vers nous d'un pas décidé. Arrivée devant la table, elle s'éclaircit la gorge.

– Tu as la crève ? ironisai-je.

– Ha, ha, très drôle ! Non, c'est simplement que vous êtes installés à la table Billings. Je te rappelle que c'est une table réservée aux terminales...

– Depuis quand ?

– Depuis toujours.

– Je mangeais ici l'an dernier alors que j'étais en seconde, fis-je remarquer.

Je savais que ce souvenir piquerait Cheyenne au vif. L'année précédente, elle déjeunait à la table voisine, alors que Noëlle et les autres m'avaient invitée à m'asseoir avec elles.

– Peut-être, répliqua-t-elle, mais cette époque est révolue. Tu peux rester si tu veux. Par contre, tes petites copines vont devoir changer de place.

Elle posa sur Constance et Sabine un regard plein de mépris.

– C'est pas possible, Cheyenne, qu'est-ce qui t'a rendue aussi peste ? demanda Trey.

– Toi, on ne t'a pas sonné, fit-elle. Mesdemoiselles...

Constance et Sabine se levèrent et Trey les imita, reculant sa chaise si violemment qu'elle se renversa.

– Attendez ! Vous n'êtes pas obligés de partir, m'écriai-je.

– Bah, ça ne me dérange pas..., murmura Constance.

Elle déposa son plateau sur la table voisine et s'assit. Sabine et Trey se joignirent à elles. Josh, qui n'avait pas bougé, paraissait écœuré.

Cheyenne s'installa à côté de lui, tandis que ses amies prenaient place autour de nous.

– Astrid ! Missy ! Par ici ! cria-t-elle soudain en agitant les bras.

C'était une blague ? Astrid et Missy, ignorant ce qui venait de se passer, vinrent s'asseoir au bout de notre table. Je coulai un regard vers Constance ; elle était au bord des larmes.

– Cheyenne, il y a un truc que je voulais te demander..., commençai-je d'un ton mielleux.

– Vas-y, Reed, je t'en prie, susurra-t-elle à son tour.

– Est-ce que tu dors bien la nuit, ou est-ce que tes cornes et ta queue crochue te dérangent ?

– Ah, Reed, comme tu es drôle ! pouffa-t-elle en sirotant son jus de pomme. On est dans un pays libre. Je peux quand même choisir avec qui je prends mon petit déjeuner...

Je me levai avec mon plateau.

– Dans ce cas, moi aussi !

– C'est ton droit, confirma Cheyenne en haussant les épaules.

Alors que Josh m'imitait, elle le retint par la manche.

– Tu peux rester, tu sais, lui dit-elle en battant des cils.

Si elle continuait ce petit jeu, j'allais lui arracher les yeux !

Bien inspiré, Josh déclina l'invitation :

– Je vais là où va Reed.

Cheyenne se décomposa et je me rengorgeai. Pour un peu, je me serais exclamée « na-na-nère ! » Je me contentai de le penser très fort.

Cendrillon bis

Le tintamarre me réveilla en sursaut quelques secondes avant que la porte de notre chambre ne s'ouvre à la volée. Mon cœur se mit à cogner dans ma poitrine, mais cette fois, les filles ne venaient pas pour moi. Elles étaient là pour Sabine.

– Debout, debout, debout ! Debout, debout, debout !

Et cette année, elles avaient une chanson !

Je repoussai mes couvertures tandis que Cheyenne, London, Vienna et Portia faisaient irruption dans la pièce et fonçaient vers le lit de Sabine. London et Vienna frappaient sur des casseroles avec des brosses à cheveux et Portia s'était procuré un mégaphone. Sabine, assise toute raide dans son lit, ouvrait des yeux effarés. Cheyenne lui confisqua sa couverture et la prit par les poignets. Ma camarade de chambre était vêtue en tout et pour tout d'un minuscule T-shirt bleu et d'un slip blanc. Dans cette tenue, elle semblait toute petite, fragile.

– Que se passe-t-il ? me demanda-t-elle par-dessus l'épaule de Cheyenne.

– Les filles, vous croyez vraiment que c'est nécessaire ? tentai-je.

Elles m'ignorèrent. Cheyenne passa un tablier en vichy rouge et blanc autour du cou de Sabine et l'obligea à se tourner pour le lui nouer dans le dos. Puis elle la poussa sans ménagement dans le couloir.

– Laissez-la au moins mettre un pantalon ! criai-je.

Mes camarades continuèrent de faire comme si je n'étais pas là. Je récupérai le jean de Sabine sur sa chaise de bureau et je me précipitai dans le couloir, où se trouvaient déjà toutes les résidentes du dortoir. Les six nouvelles étaient en rang contre le mur, affublées des mêmes tabliers hideux. Constance avait le visage couvert de crème contre l'acné, Astrid arborait une marque d'oreiller au milieu du front et Missy ressemblait à un joueur de football américain, avec ses cernes de mascara noir. Kiki dormait debout et Lorna semblait terrifiée. Je m'approchai de Sabine et lui tendis son jean, qu'elle se dépêcha d'enfiler.

– Bon, les filles, la fête ne fait que commencer ! annonça Cheyenne. À partir d'aujourd'hui, vous allez nous montrer que vous avez vraiment envie de vivre ici. Astrid, Missy et Kiki, vous êtes de corvée de lits. Commencez par ma chambre et faites le ménage à fond. Si vous trichez, on s'en apercevra.

Astrid secoua Kiki jusqu'à ce qu'elle ouvre les yeux et les trois filles filèrent sans demander leur reste. Je regardai Rose, qui secoua la tête en signe d'impuissance.

Je n'étais pas aussi prompte à baisser les bras. On devait faire quelque chose, marquer notre désapprobation d'une manière ou d'une autre.

– Les autres, dans la salle de bains ! ordonna Cheyenne, qui ne se souciait même plus de paraître enjouée. On vous a préparé du détergent et des brosses à dents. Au boulot !

– Pardon, fit Sabine. Je n'ai pas bien compris. Il faut qu'on nettoie pour vous ?

– Ton cerveau fonctionne au ralenti, ou quoi ? répliqua Cheyenne. Si tu veux vivre ici, tu dois le mériter par ton travail. C'est comme ça que ça marche.

Sabine me lança un regard déçu qui me donna envie de rentrer sous terre. Je me décidai enfin à protester :

– Cheyenne, c'est ridicule. Laisse-les se recoucher.

– La ferme, Brennan ! Cette histoire ne te concerne pas.

– Je vis ici au même titre que toi, et je ne vois pas de raison de leur faire récurer les toilettes alors que l'école paie déjà une entreprise pour cela.

– Peut-être, mais on est toutes passées par là pour devenir des membres de cette maison à part entière, me rappela Cheyenne. C'est la coutume.

– C'est une coutume d'un autre âge ! Tu as raison : on est toutes passées par là, mais on a toutes détesté être humiliées ainsi. Qu'est-ce que ça t'apporte, de rendre des gens malheureux ?

Cheyenne était écarlate.

– Reed, si tu n'es pas d'accord avec notre façon de faire, tu n'as qu'à...

Elle se tut soudain et son regard se fixa derrière moi.

– Que se passe-t-il, ici ? demanda Mme Lattimer, qui remontait le couloir d'un pas pressé.

Notre mère de maison était connue pour sa raideur et ses manières autoritaires. Ses cheveux gris et son chignon strict ne faisaient qu'accentuer la dureté de ses traits.

– Vous avez entendu ce qu'a dit le directeur ? Si vous vous livrez à un quelconque bizutage, je devrai lui en parler.

Il ne nous avait fallu que quelques secondes pour former un mur entre la surveillante et les trois filles en tablier. Face à un ennemi commun, oubliée la discorde !

– On fait un peu de ménage, Mme Lattimer, déclara Cheyenne d'un ton mielleux. Vous savez comment c'est : si on n'y prête pas attention, ce dortoir a vite fait de se changer en porcherie.

Mme Lattimer la considérait d'un air dubitatif. Elle n'était pas dupe, et nous le savions. Elle se demandait seulement si l'histoire de Cheyenne tiendrait la route, au cas où le directeur aurait vent de cette comédie.

– Très bien, dit-elle en agrippant le col de son chemisier. La propreté est une qualité que j'apprécie chez les jeunes femmes. Je ne peux que vous encourager.

– Merci, Mme Lattimer ! répondîmes-nous en chœur.

Là-dessus, notre surveillante fit demi-tour en direction de l'escalier. Le soulagement fut général, mais de courte durée. Cheyenne se tourna de nouveau vers les nouvelles et aboya.

– Qu'est-ce que vous faites plantées là ? Au boulot !

Après leur départ précipité, elle me regarda en souriant.

– Alors ? On dirait que j'ai marqué un point...

Elle se retira sans me laisser le temps de répondre, et je me promis que c'était la dernière fois qu'elle me prenait au dépourvu. Elle avait remporté le premier round, c'est vrai, mais elle avait intérêt à être prête pour le deuxième.

Première déconvenue

Il était déjà sept heures du matin, et nous n'avions plus qu'une demi-heure pour rejoindre la cafétéria. Occupée à imprimer mon devoir d'anglais, j'entendais encore les filles s'affairer dans les toilettes, les portes et les fenêtres claquer. Chacun de ces bruits ajoutait à ma nervosité. Je rangeai mon devoir dans mon sac et sortis de la chambre, prête pour la bataille et bien décidée à mettre en échec Cheyenne et ses projets odieux.

Rose, Tiffany et plusieurs autres m'attendaient devant ma porte, visiblement stressées.

– Elles triment encore ? demandai-je.

– Ouais, confirma Tiffany.

Rose allait ajouter quelque chose, quand Cheyenne sortit de sa chambre en frappant dans ses mains.

– Mesdemoiselles, sortez dans le couloir s'il vous plaît ! cria-t-elle.

Les six filles émergèrent des chambres, rouges, en sueur et épuisées. Elles espéraient sans doute que c'était fini, qu'elles allaient pouvoir foncer sous la douche et se préparer pour leur journée de cours. Hélas ! une lueur mauvaise dans les yeux de Cheyenne me fit craindre le contraire.

– Quand vous aurez terminé vos corvées du matin, vous proposerez à chacune de nous de vous confier une tâche, dit-elle en coulant un regard oblique dans ma direction

« Tiens ! Qu'est-ce que je disais… »

– Je vous propose donc de nous demander dès maintenant ce que vous pouvez faire pour nous servir, continua Cheyenne.

Personne ne bougea. Certaines filles échangèrent des regards ravis, impatientes d'infliger une nouvelle épreuve à leurs souffre-douleur.

– Allons, allons ! fit Cheyenne. Plus vous traînez, plus vous arriverez tard à la cafétéria.

Astrid soupira et sortit du rang.

– Cheyenne, est-ce que je peux faire quelque chose pour toi ? demanda-t-elle.

– Merci, Astrid, c'est très gentil ! claironna l'intéressée. Figure-toi qu'il y a des tonnes de poussière et de cochonneries dans les tiroirs de mon bureau. C'en est dégoûtant. Est-ce que tu voudrais bien les nettoyer pour moi ?

Elle plaisantait. Elle n'allait quand même pas mettre son amie en retard sous ce prétexte idiot ?

Astrid acquiesça pourtant et disparut dans la chambre de Cheyenne, où nous l'entendîmes ouvrir les tiroirs.

– Suivante ? s'enquit Cheyenne.

Missy sortit du rang et se campa devant Vienna :

– Est-ce que je peux faire quelque chose pour toi ?

Elle semblait toute fière d'elle, une brave petite esclave.

– J'avais prévu de ranger ma penderie par couleur. Tu n'as qu'à t'en charger, suggéra Vienna.

Missy hocha la tête et tourna les talons, visiblement ravie d'avoir écopé de cette tâche tranquille.

– Ah, et s'il te plaît, mets des gants ! ajouta Vienna. À voir tes ongles, on croirait que tu viens de creuser dans un tas de fumier.

Quelques rires fusèrent. Missy rentra la tête dans les épaules et fila. J'étais impatiente qu'une des nouvelles, n'importe laquelle, me propose un service.

Comme en réponse à ma prière, Kiki se racla la gorge et s'avança vers moi. Elle ôta ses écouteurs, dont s'échappaient des accords de guitare furieux :

– Reed, je peux faire quelque chose pour toi ?

À son regard confiant, je devinai qu'elle m'avait percée à jour. Elle savait que je ne jouerais pas le jeu.

– Euh... ouais. Tu peux aller prendre une douche et te préparer pour aller en cours.

Kiki ne cilla même pas. Elle courut vers sa chambre.

– Stop ! Tu restes là ! brailla Cheyenne.

Kiki claqua la porte et la surprise suffit à désarçonner momentanément Cheyenne. Constance en profita pour se planter devant Rose.

– Rose, veux-tu que je fasse quelque chose pour toi ?

L'intéressée me regarda avec hésitation et se mordit la lèvre inférieure.

« Vas-y, résiste ! l'encourageai-je en silence. Dis à Cheyenne d'aller se faire voir. Aide-moi à faire cesser ce petit jeu malsain. »

– Non, merci, Constance, dit Rose.

Ma jubilation devait se lire sur mon visage.

– Rose ! couina Cheyenne. Tu...

Sabine s'avança devant London et je me mordis la langue. Mauvais choix. Tiffany lui aurait fichu la paix, c'était certain. Mais London...

– Voudrais-tu que je fasse quelque chose pour toi ? lui demanda Sabine.

– Non, répondit-elle en haussant les épaules.

– London ! crièrent Vienna et Cheyenne à l'unisson.

– Quoi ? Je n'ai pas d'idée, se défendit London, l'innocence même. Rosaline est venue hier et elle a quasiment stérilisé la chambre ! Elle a même balancé mes préservatifs et confisqué mon magot. Maman a dû méchamment la briefer.

Cette fois, je ne pus m'empêcher de rire. Rosaline était la femme de ménage des parents de London. Mme Simmons l'envoyait à Easton tous les quinze jours pour nettoyer la chambre de sa fille, lui apporter des livres de régime dont elle n'avait pas besoin, et accessoirement pour l'espionner. Cette semaine, en plus de faire son travail, Rosaline m'avait rendu un fier service. Cheyenne poussa un cri de rage et courut vers sa chambre.

– Quoi ? Qu'est-ce que j'ai fait ? Cheyenne ! fit London en se précipitant derrière elle. Cheyenne, tu es fâchée contre moi ?

Le couloir se vida progressivement. Tiffany mit une main dans le dos de Rose et l'entraîna vers l'escalier. Seules Constance, Sabine et Lorna restèrent sur place, regardant autour d'elles avec hésitation. Elles n'avaient pas encore compris qu'elles étaient libres.

– Les filles, allez vous doucher. C'est fini pour aujourd'hui, leur assurai-je.

Elles se sauvèrent enfin. À croire que j'avais tout de même un peu d'ascendant sur elles.

Le devoir

– Bonjour, âmes torturées !

M. Winslow, notre prof de littérature anglaise, entra dans la salle à grandes enjambées, d'excellente humeur.

– Avant de passer à Elizabeth Bowen, je vous propose de me rendre vos devoirs, lança-t-il à la cantonade.

Je sortis de mon sac le dossier bleu qui contenait mes quinze pages sur Edith Wharton et j'entrai dans le défilé de mes camarades, qui passaient tour à tour devant le bureau. M. Winslow jetait un bref coup d'œil au titre de chaque devoir avant de le placer sur le dessus de la pile. Il fronçait parfois les sourcils, pensif, et riait lorsqu'un titre lui plaisait. M. Winslow était un des rares professeurs à Easton – pour ne pas dire le seul – que tout le monde s'accordait à trouver séduisant. Plus jeune que la moyenne des enseignants (mais frôlant tout de même la quarantaine), il avait une tignasse brune ébouriffée et le sourire facile. Il ne se rasait jamais le vendredi, et sa barbe de deux jours ajoutait encore à son charme. Mais ses plus grandes qualités, à mon sens, étaient son humanité et sa gentillesse. Ce n'était pas fréquent, par ici.

– Ah, mademoiselle Brennan ! s'exclama-t-il lorsque je lui tendis mon devoir. Je suis impatient de vous lire.

Il barra mon nom sur sa liste.

– Ah bon ? fis-je, surprise.

– Mais oui ! Quand une élève de seconde remporte deux trimestres de suite les félicitations, on en parle dans la salle des professeurs. J'espère que vous serez digne de cette rumeur !

– Merci. Je l'espère aussi.

Je fis demi-tour, le cœur battant. Devais-je me réjouir d'avoir une réputation d'excellente élève, ou m'inquiéter à l'idée de ne pas être à la hauteur ? Curieusement, la seconde option l'emportait.

En allant me rasseoir, je remarquai que trois élèves ne s'étaient pas encore levées. Constance fouillait dans son sac, en proie à une véritable panique. Lorna avait vidé le sien sur la table et feuilletait ses cahiers page après page. Quant à Sabine, assise à sa place, elle regardait stoïquement devant elle.

– Que se passe-t-il ? lui demandai-je à voix basse en m'installant derrière elle.

– Mon devoir a disparu.

Elle resta parfaitement immobile, le regard toujours fixé droit devant.

– Comment ça, disparu ?

– Je l'ai imprimé à la bibliothèque hier soir et je l'ai mis dans mon sac. Mais il a disparu, répéta-t-elle d'un ton neutre.

Je lorgnai vers Constance, qui fouillait toujours dans son sac, au bord des larmes. Près du tableau, Astrid et Kiki tendaient calmement leur copie au professeur. Missy n'était pas en cours avec nous, mais j'étais sûre que, le cas échéant, elle aurait eu son travail.

– Bon, dit M. Winslow en faisant courir un doigt sur la liste. Je vois qu'il me manque trois devoirs. Mesdemoiselles DuLac, Gross et Talbot ? Qu'avez-vous pour moi ?

Il leva les yeux en souriant et croisa trois regards écœurés. Sa joie s'évanouit.

– Mesdemoiselles, que se passe-t-il ? s'enquit-il en quittant son bureau.

– Je l'ai mis dans mon sac ce matin, M. Winslow, gémit Constance. Je vous jure qu'il y était. Je peux redescendre en courant et l'imprimer de nouveau...

– Vous connaissez la règle, Constance. Si vous ne l'avez pas en classe...

– Vous ne pouvez pas nous mettre des zéros, fit Lorna, paniquée. On a fait le travail.

– On pourra l'apporter plus tard, ajouta Constance.

– Ce ne serait pas juste vis-à-vis de vos camarades, qui ont tous respecté les délais, souligna M. Winslow. Je suis désolé, mais je dois vous mettre un zéro pour aujourd'hui. Si vous le souhaitez, nous pourrons envisager des devoirs supplémentaires pour vous rattraper.

– Mais, M. Winslow…

– Je suis désolé, répéta le professeur en griffonnant quelque chose sur son bloc. Ce sont les règles, et je dois les appliquer.

À sa décharge, il semblait vraiment contrarié. Alors qu'il se tournait vers le tableau, deux élèves gloussèrent. Sabine arracha une page blanche de son cahier et la chiffonna dans son poing. Je fus prise de nausée. Je n'arrivais pas à croire que Cheyenne était tombée si bas. Voler des devoirs… c'était tellement immature.

– Si elle veut jouer à ce jeu-là, on va y jouer ! dis-je à mi-voix, assez fort pour que Sabine m'entende.

« Après tout, ajoutai-je en moi-même, j'ai eu les meilleurs maîtres. »

Bras de fer

– On est culottés, quand même ! gloussa Tiffany en s'asseyant à la table Billings pour le déjeuner.

Elle nous prit en photo et ajouta :

– Enfin, ça me plaît.

Notre petite assemblée partit d'un rire nerveux, bien que, en réalité, nous n'ayons pas de véritables raisons de nous inquiéter. Josh, Rose, Tiff, Trey, Constance, Sabine, Lorna et moi étions arrivés avant tout le monde dans la vaste salle inondée de soleil. Dans la matinée, j'étais allée les trouver les uns après les autres pour leur confier mon plan, et ils avaient tous accepté de jouer le jeu. Seules Constance et Lorna avaient hésité, mais leur ressentiment envers Cheyenne avait fini par l'emporter. Lorna, surtout, était furieuse de voir Missy recevoir un traitement de faveur, alors qu'elle se faisait malmener. Peut-être avait-elle un soupçon d'amour-propre, finalement...

La salle se remplissait peu à peu. Je me forçai à mordre dans mon sandwich. J'avais l'estomac noué, mais il fallait qu'on ait l'air naturel. C'était capital pour la réussite de notre projet.

Ivy Slade quitta la queue du self, aussi seule que de coutume, et passa devant nous en me fixant ostensiblement.

– Salut, Ivy ! lui lança Rose.

Elle s'arrêta. Son regard fit plusieurs va-et-vient entre Rose et moi.

– Salut, Rose, dit-elle avant de poursuivre son chemin.

Constance se pencha en travers de la table :

– Qu'est-ce qu'elle a cette fille ? demanda-t-elle. Elle est trop glauque !

– Rien. Elle est tout à fait normale, répliqua Rose.

Ivy, à l'autre bout de la cafétéria, me regardait toujours.

– Euh... je n'en suis pas si sûre..., fis-je.

Rose secoua la tête.

– Elle a vécu des trucs pénibles, c'est tout.

Puis, avec un soupçon d'amertume dans la voix :

– On était amies, avant...

J'aurais voulu lui demander des précisions, mais Cheyenne, Vienna et Portia approchaient avec leurs plateaux, en pleine conversation.

– C'est parti ! dis-je à mi-voix.

Lorsqu'elle nous vit, Cheyenne trébucha et se retint au dossier d'une chaise. Je regrettai qu'elle ne soit pas tombée : j'aurais adoré le spectacle.

– Bon, surtout, faites comme si de rien n'était, lançai-je à la cantonade.

Cheyenne fonça vers nous, perchée sur ses hauts talons. Sa fureur transpirait dans sa démarche.

– Alors, tu crois qu'on est prêts pour le match ? demanda Trey à Josh d'une voix tranquille.

Il mordit dans un petit pain et ajouta :

– Il paraît que Barton a intégré des mecs hyper balèzes dans son équipe, cette année. Des nouveaux.

– Ouais. On est prêts, fit Josh.

Il se renversa sur sa chaise et passa un bras sur le dossier.

– Ce ne sont quand même pas des troisièmes, même hyper balèzes, qui vont nous mettre minables...

– À quoi vous jouez ? s'indigna Cheyenne en posant brutalement son plateau sur la table voisine.

Elle croisa les bras et regarda Constance, Lorna et Sabine comme si c'était de vulgaires moucherons.

– Je croyais avoir été claire, enchaîna-t-elle. Elles n'ont pas le droit de s'asseoir ici.

– La cafétéria est grande, Cheyenne, répliquai-je avec froideur. Si notre présence t'incommode à ce point, tu peux aller t'asseoir près des toilettes. C'est ce qu'il y a de plus éloigné.

– Cette table est à nous ! décréta Cheyenne. Elle a toujours été réservée aux résidentes de Billings.

– La table voisine aussi, dis-je en haussant les épaules. Rien ne t'empêche de t'y installer.

Je lançai un grain de raisin dans ma bouche pour lui signifier que le sujet était clos.

– N'importe quoi ! s'esclaffa Portia. C'est risible !

– Je n'ai vu personne rire, remarquai-je. Et personne ne quittera cette table. Vous avez le choix : soit vous restez plantées là pendant tout le repas, soit vous allez vous asseoir à côté...

Cheyenne ne bougea pas et nous reprîmes le cours de notre déjeuner sans lui accorder plus d'attention. Josh et Trey recommencèrent à parler de foot. Rose et Tiffany papotèrent tranquillement du week-end des anciens élèves au Driscoll. Je demandai à Constance de me passer le sel... Cheyenne était toujours debout. Sa détermination commençait à m'impressionner, mais il n'était pas question que je cède.

– J'ai mal aux pieds, lâcha finalement Vienna.

– Très bien, siffla Cheyenne entre ses dents.

Elle fit volte-face et tira à elle la chaise derrière celle de Constance, bousculant volontairement mon amie.

– Ce n'est pas fini, loin de là..., nous menaça-t-elle avant de s'asseoir.

– Ça me paraît fini pourtant, répondis-je.

– Trop drôle, répéta Portia. J'attends trois ans pour m'asseoir à cette table, et voilà que je me fais déléguer.

– Parle correctement ! cria Cheyenne.

– Reléguer ! Ça va, prends un cachet ! riposta Portia, vexée.

Je me couvris la bouche pour dissimuler mon rire. Puis je vis Kiki, Missy et Astrid sortir de la file. C'était le moment de passer à la phase deux.

– Kiki ! Les filles ! Par ici ! criai-je en me levant. On vous a gardé des places…

Josh et Trey se levèrent comme prévu et allèrent s'asseoir à l'une des tables de Ketlar.

– Merci, les mecs ! leur cria Rose.

L'expression de Cheyenne était comique, et Tiffany eut la riche idée de la prendre en photo pour la postérité. Kiki s'assit sur la chaise que Trey venait de libérer et décapsula son ice-tea. Astrid hésita une fraction de seconde, nous regardant tour à tour, Cheyenne et moi. Puis elle surprit les expressions pleines d'espoir de Constance, Lorna et Sabine et réagit comme je l'avais espéré. Elle se rangea du côté des opprimés et prit la chaise de Josh.

Je savais qu'elle était sympa, cette fille !

Missy, comme je m'y attendais, refusa la place qu'on lui offrait et alla s'asseoir avec Cheyenne. Je jetai un coup d'œil autour de moi et souris. Il n'y avait à cette table que des personnes que j'appréciais. Celles qui, pour moi, étaient les vraies filles Billings.

Je venais de remporter le deuxième round.

Les choix justes

Je savourais encore mon triomphe en arrivant à la bibliothèque, en fin d'après-midi. Cependant, ma joie ne résista pas au spectacle qui m'attendait derrière le premier rayonnage. Assis côte à côte, genou contre genou, Josh et Cheyenne chuchotaient en riant, partageant une évidente complicité. Ils semblaient très « intimes », pour reprendre l'expression de Sabine.

Cheyenne écarta une mèche de son visage et décocha un sourire radieux à mon petit ami.

– Salut ! lançai-je.

Josh, qui me tournait le dos, jeta un coup d'œil par-dessus son épaule et se décomposa en m'apercevant. Il écarta précipitamment sa chaise de celle de Cheyenne. Cette dernière se contenta de m'adresser un rictus méprisant.

– Qu'est-ce que tu fais ? demandai-je avec brusquerie.

Je m'adressais à Josh, ignorant sciemment ma rivale.

– On discute du comité de restauration, dit-il. On se demande si on prévoit un buffet pour le cocktail, ou si on sert plutôt des petits fours sur des plateaux.

– Je persiste à dire que le buffet, c'est ringard, annonça Cheyenne.

– Et moi, je persiste à dire que les hommes affamés voudront des terrines et des pâtés, répliqua Josh.

Ces chamailleries sentaient le flirt à plein nez. Et ils osaient faire ça devant moi !

– Tu peux partir, indiquai-je à Cheyenne d'un ton coupant.

Josh écarquilla les yeux.

– Reed…

– C'est bon, fit Cheyenne. De toute façon, je n'avais pas franchement envie de rester…

Elle récupéra ses affaires et se leva.

– Salut, Josh. On s'appelle ?

– Ça marche !

Je me retins de mettre ma jambe en travers du passage pour lui faire un croche-pied. Le cœur battant, je me tournai vers Josh.

– C'est quoi ce délire ?

Il soupira.

– Je sais que tu en veux à Cheyenne en ce moment, mais on travaille ensemble. Je n'ai pas le choix.

Je posai mes livres sur la table et m'assis.

– Sans blague ? Ça m'a paru un peu intime, pour une conversation sur le dîner des anciens élèves.

– On est à la bibliothèque, Reed. On chuchotait. Il fallait qu'on soit assis tout près pour s'entendre.

Il scruta mon visage.

– Attends une seconde... Tu n'es quand même pas jalouse ?

Mon expression dut me trahir, car il rit.

– C'est pas vrai... Je pensais que tu étais juste énervée parce que vous êtes en mauvais termes. Allons... Moi et Cheyenne ? Tu plaisantes ?

Je détestai les sentiments qui me traversèrent à ce moment-là. Un mélange de tristesse et de défiance. Je me trouvai aussi un peu ridicule. Je croisai les bras et pris un air buté.

– Je ne suis pas la seule à l'avoir remarqué.

– Super ! Alors, maintenant, les filles Billings inventent des ragots pour passer le temps...

Il me prit la main et s'approcha de moi.

– Reed, tu n'as rien à craindre de Cheyenne, d'accord ? Je sors avec toi, point. Cheyenne n'est pas mon type.

– Si tu le dis, fis-je, refusant d'oublier si vite ce que je venais de voir de mes propres yeux.

– J'aimerais vraiment que tu quittes Billings, ajouta Josh. Ces filles te rendent parano...

– Je te l'ai déjà dit. C'est hors de question.

– Pourquoi ? Tu n'as vraiment pas ta place dans ce dortoir...

– Qu'est-ce que tu entends par là ? lâchai-je, sur la défensive.

Josh se redressa, décontenancé.

– Rien de spécial. Je pense seulement que tu vaux mille fois mieux que ces filles. Tu es plus intelligente, plus gentille... Tout.

Je me détendis légèrement.

– Si Cheyenne t'entendait...

– Encore une raison pour laquelle je préférerais que tu changes de dortoir : je n'aime pas vous voir vous chamailler, toutes les deux.

« Toutes les deux ? » Pas seulement moi. Josh se souciait aussi de Cheyenne.

– Laisse tomber, dis-je. Je ne partirai pas. Je préfère rester et essayer de changer les choses.

Josh eut un sourire adorable et me pinça la joue.

– Et courageuse, avec ça ! me taquina-t-il.

– J'adore quand tu me parles comme à une gamine de cinq ans, râlai-je.

Josh me regarda dans les yeux, se pencha et posa ses lèvres sur les miennes. Son baiser me fit frissonner des pieds à la tête et j'en oubliai momentanément Cheyenne et mes soupçons. Josh n'aurait jamais pu m'embrasser comme ça s'il éprouvait quelque chose pour elle. C'était impossible.

Quand il se recula enfin, j'étais tellement troublée que je perdis l'équilibre. Il me prit par les épaules.

– Ça va mieux ?

Je clignai des yeux.

– Beaucoup mieux.

– Bien. Il faut que j'y aille maintenant. En plus, le bibliothécaire nous a repérés. À tout à l'heure, au dîner ?

– À tout à l'heure.

Après son départ, un profond malaise m'envahit. Je me sentais abandonnée. Lente et fatiguée. Je soupirai et j'allai m'asseoir devant un ordinateur pour consulter mes mails. Un message de Dash m'attendait dans la boîte de réception. Fébrile, je me dépêchai de l'ouvrir, avec la désagréable impression d'être observée.

Salut Reed,
Comment ça se passe, avec les nouvelles ?
Tiens-moi au courant.
Dash

Je m'empressai de répondre :

Salut Dash,

Figure-toi qu'on est au bord de la guerre civile. Cheyenne veut virer trois des six filles que Cromwell nous a imposées, et je trouve ça totalement odieux. Rose et Tiff, et peut-être quelques autres sont de mon côté, mais j'ai peur de ne pas pouvoir faire grand-chose pour l'en empêcher.

Si tu as un conseil...

Reed

J'envoyai le message, puis je me renversai sur mon siège et, toujours nerveuse, regardai par-dessus mon épaule. Il n'y avait personne dans les parages, hormis le vieux bibliothécaire, absorbé comme toujours dans un livre.

L'ordinateur émit soudain un long « biip » et mon cœur fit un bond. Dash était connecté, et il m'avait répondu. Les mains tremblantes, je cliquai sur l'icône de son message.

Reed,

Tiens bon. Pour moi, tu as toujours été la seule personne à Easton à faire les choix justes. Ne laisse pas Cheyenne te persuader du contraire. C'est toi qui as raison. Je pense à toi et je t'envoie des ondes positives.

Dash

Je relus trois fois son message. Pour la première fois depuis le matin, je me sentais sûre de moi. Et fière aussi, même si j'avais du mal à croire que Dash McCafferty cultivait réellement cette image de moi... Il me disait aussi qu'il pensait à moi...

Le sang me monta au visage. À ce moment précis, Dash McCafferty était assis dans sa chambre, dans la prestigieuse université de Yale, et il pensait à la petite Reed Brennan.

Un bruit derrière les rayonnages me fit sursauter et je refermai la fenêtre de la messagerie, complètement affolée. Ma première pensée fut pour Noëlle. J'imaginai sa fureur si elle apprenait que je correspondais avec Dash. Si elle savait que ses e-mails me faisaient rougir… Puis, bien sûr, je songeai à Josh, que j'avais accusé de flirter avec Cheyenne. N'était-ce pas exactement ce que je venais de faire avec Dash. Qu'est-ce qui m'arrivait ? Rongée par la culpabilité, je supprimai son message et quittai précipitamment la bibliothèque.

Murmures

Le moment que l'on consacrait habituellement à l'étude dans la maison Billings se changea ce soir-là en pizza-party. Des amies de Tiffany lui avaient envoyé une margherita géante qu'elle avait fait chauffer dans le micro-ondes caché dans sa chambre, et son petit ami de 23 ans, déjà milliardaire, lui avait fait parvenir plusieurs bouteilles de Dom Pérignon pour fêter sa rentrée en terminale. L'ambiance était paisible, si l'on considérait que la guerre avait éclaté en milieu de journée. Je savais que j'aurais dû rester sur mes gardes, mais j'avais vraiment besoin de lâcher du lest. Je me servis une tranche de pizza et m'installai devant la télévision avec mes camarades, qui regardaient *Batman begins* pour la vingt-cinquième fois, se repassant au ralenti les scènes où Christian Bale était le plus sexy. Je commençais seulement à me détendre, quand je réalisai que Sabine était absente. Cheyenne et

Portia n'étaient pas là non plus, mais c'était le dernier de mes soucis.

– Tu as vu Sabine ? demandai-je à Rose.

– Je crois qu'elle est en haut. Aah, torse nu ! cria-t-elle en agitant la main vers l'écran. Appuyez sur pause !

J'abandonnai ma croûte de pizza sur une assiette de porcelaine, cadeau d'une ancienne résidente de Billings, et m'élançai dans la cage d'escalier. Sabine ne s'était pas montrée très loquace depuis le matin, et je craignais qu'elle ne demande à changer de dortoir. Une telle victoire aurait rendu Cheyenne encore plus odieuse. De plus, et j'étais bien placée pour le savoir, s'accrocher était la meilleure tactique à Billings. Outre que cela m'avait procuré une certaine fierté, sortir victorieuse de toutes les épreuves que Noëlle m'avait imposées l'an dernier m'avait donné confiance en moi, et m'avait forgé le caractère. J'aurais aimé que Sabine en profite aussi, et qu'elle soit un jour capable de tenir tête à Cheyenne.

Enfin, dans un registre plus égoïste, je ne voulais pas qu'elle me quitte. Je commençais à prendre goût à la cohabitation avec une amie.

Notre chambre était vide, mais la lampe de bureau de Sabine était allumée. J'entendis des voix dans le couloir : un bourdonnement qui provenait de la chambre de Cheyenne. Je sentis de nouveau le picotement d'appréhension familier que j'éprouvais l'année précédente, quand je surprenais Noëlle et Ariana en train de parler en tête à tête. Je retins mon souffle et m'approchai sur la pointe des pieds. Arrivée devant la porte, je tendis l'oreille.

– Non. Je vais le chercher. J'y vais, pas de problème, disait quelqu'un à voix basse.

J'ignorais qui avait parlé, mais son ton m'alerta et me donna la chair de poule. Chercher quoi ? Aller où ? Puis une autre voix répondit, si bas que je ne parvins même pas à distinguer les mots.

Sur une impulsion, j'ouvris la porte à la volée, et je me figeai en découvrant les occupantes de la pièce. Ce n'était pas avec Vienna que Cheyenne discutait, mais avec Sabine.

– Qu'est-ce que vous fabriquez ? leur demandai-je.

Des vêtements étaient posés sur le lit et plusieurs paires de chaussures traînaient par terre.

– Rien, assura Sabine, très calme. À plus tard, Cheyenne...

– Je ne bouge pas d'ici, répondit celle-ci d'un air entendu.

Sabine acquiesça et me contourna, la tête basse. Je la suivis dans le couloir.

– Où vas-tu ?

– Cheyenne a besoin d'un livre à la bibliothèque. Je vais le chercher.

Je lorgnai vers la fenêtre située à l'extrémité du couloir. Il faisait nuit noire dehors, et il pleuvait à verse.

– Maintenant ?

Je regardai Cheyenne, assise bien sagement sur son lit, les jambes croisées et les mains jointes.

– Elle peut aller se le chercher toute seule.

– Laisse, Reed, ça ne me dérange pas, fit Sabine, gênée.

Elle m'entraîna à l'écart et chuchota :

– Je crois que Cheyenne commence à m'accepter. Elle m'a donné plein de conseils concernant Gage. Elle va m'aider à le conquérir, mais ça suppose que je continue à jouer le jeu.

– T'aider à le « conquérir » ?

J'étais sidérée.

Vu comment Gage se comportait avec Sabine, elle n'avait qu'à lever le petit doigt pour qu'il accoure, la langue pendante. Par contre, leur idylle avait peu de chance de durer plus de vingt-quatre heures, Gage n'étant pas capable de s'intéresser plus longtemps à quelqu'un. À part à Ivy, si l'on en croyait la rumeur.

– Reed, je sais que tu ne l'aimes pas, mais il me plaît. Je n'y peux rien...

Il y avait du désespoir dans sa voix.

– Laisse-moi y aller, s'il te plaît.

Elle paraissait déterminée. Cette peste de Cheyenne lui avait mis dans la tête que la partie n'était pas gagnée avec Gage, et Sabine l'avait crue.

– Tu n'es pas obligée, tu sais.

Je devinais que mes efforts seraient vains.

– Je sais.

Sabine me remercia du regard avant de filer. Je revins sur le seuil de la chambre. Cheyenne était occupée à plier des vêtements. Elle s'interrompit et me gratifia d'un rictus moqueur.

– Alors, comme ça, tu as fait croire à Sabine que tu allais l'aider ? lançai-je.

Elle poussa un soupir théâtral.

– Je commence à en avoir vraiment marre de ton arrogance, Reed…

– Pourquoi tu fais ça ? Quel est ton intérêt ?

Cheyenne soupira de nouveau.

– J'imagine que tu ne partiras pas avant que je t'aie répondu… Alors, écoute : Sabine craque pour Gage, et il se trouve que je connais l'oiseau. Je sais ce qu'il aime… dans l'intimité.

Sans blague ? Avec qui ces deux-là n'avaient-ils pas couché ?

– Et alors, quoi ? Tu vas l'habiller comme toi et l'envoyer au grand méchant loup ?

– Pourquoi me prêtes-tu uniquement de mauvaises intentions ? se défendit Cheyenne. Peut-être que Sabine commence à me plaire. Peut-être que j'ai envie de lui faire plaisir…

« Ouais, c'est ça. Et peut-être que moi, je vais devenir le mannequin vedette de l'Amérique… »

– Tu peux me laisser, maintenant que je t'ai répondu ? demanda Cheyenne.

Je la regardai avec insistance, cherchant à deviner ses intentions. Hélas ! en dépit de mes efforts, j'étais incapable de penser comme elle, d'anticiper ses projets tordus. Mon cerveau refusait tout simplement de fonctionner de cette manière. Je n'avais plus qu'à m'en aller, et attendre…

Déclaration

Le lendemain, cachée derrière le tronc d'un gros érable, je patientai jusqu'à ce que je voie M. Cross, le vieux surveillant de Ketlar, sortir du dortoir en sifflotant. J'attendis qu'il soit assez éloigné pour me faufiler dans le bâtiment et je montai en courant au quatrième étage. L'étage de Josh. J'avais besoin de le voir, de me blottir contre lui pour m'assurer que rien n'avait changé entre nous. Depuis que je l'avais vu avec Cheyenne, la veille, le doute planait dans mon esprit et me rendait nauséeuse. Ma culpabilité au sujet de Dash ajoutait encore à mon malaise. Tout cela n'était pas bon pour mes nerfs.

Trey sortait justement de leur chambre. Il me tint la porte et me fit un clin d'œil entendu.

– Je te le laisse…

À Easton, enfreindre les règles était un sport national. C'est pourquoi Trey ne se formalisait pas de me voir entrer dans la chambre d'un mec, ce qui bien sûr était formellement interdit.

– Merci, chuchotai-je.

J'entrai et refermai la porte derrière moi. Josh écarquilla les yeux en m'apercevant, mais sa surprise n'était rien comparée à la mienne. Debout près de la fenêtre, encore tout dégoulinant d'eau, il était torse nu, une serviette autour de la taille. Sa poitrine imberbe était luisante et les muscles de ses bras encore plus joliment dessinés que dans mon souvenir. J'avais du mal à cacher mon trouble.

– Qu'est-ce que tu fais ici ? me demanda-t-il avec un sourire amusé.

– Je...

« Euh... qu'est-ce que je fais là, déjà ? »

Sans attendre ma réponse, Josh passa ses mains dans mes cheveux, m'attira à lui et nous échangeâmes un baiser fougueux. Si fougueux que mes jambes flageolèrent. Je titubai et il m'attira vers son lit défait. Pressentant que la situation allait bientôt m'échapper, je le repoussai gentiment.

– Attends !

Il me libéra.

– Quoi ? Est-ce que j'ai... Tu... quoi ?

Mon cœur battait à cent à l'heure. Je laissai Josh assis sur son lit, à moitié nu et totalement confus, pour aller me planter au milieu de la pièce. Je me forçai à respirer régulièrement.

– Je ne suis pas venue pour ça, dis-je.

Josh se redressa et fit son possible pour retrouver un semblant de concentration.

– OK. Pourquoi, alors ?

Ses yeux verts fixés sur moi, il attendait patiemment une réponse.

– Je suis venue pour te dire que…

Je desserrai les poings, pris une grande inspiration et me jetai à l'eau :

– … que je t'aime.

Le visage de Josh s'illumina. Il plongea son regard dans le mien avec une expression de joie extraordinaire, comme si je venais de lui faire le plus beau des cadeaux. Puis il m'embrassa, lentement cette fois, profondément, en s'accrochant à moi comme s'il voulait ne jamais me laisser partir.

– Moi aussi, je t'aime.

Mon soulagement fut indicible. Même si j'étais presque sûre, avant cela, que Josh le pensait… Même si je me rappelais qu'il avait voulu me le dire une fois, l'an dernier, quand j'avais envisagé de quitter Easton pour toujours… au fond de moi, j'avais peur qu'il n'ait changé d'avis. Mais non. Il m'aimait toujours.

– Si tu savais depuis combien de temps je me mords la langue pour m'empêcher de te dire ça, fit-il à mi-voix. Depuis ce jour où tu me l'as interdit...

– Je sais. Je suis désolée. Mais ça n'a plus d'importance maintenant. Tu peux le répéter autant que tu veux.

Josh recula d'un pas et haussa les sourcils.

– C'est vrai ? Tu m'autorises à te dire je t'aime, je t'aime, je t'aime ?

J'éclatai de rire.

Il alla prendre un T-shirt dans son placard et l'enfila.

– Je t'aime, je t'aime, je t'aime. Mmh, c'est cool.

– Stop ! N'épuise pas tes réserves dès le premier jour, protestai-je, encore tout étourdie.

– Tss-tss ! Rabat-joie, va !

Il sortit un slip d'un tiroir et l'enfila sous la serviette, puis recommença l'opération avec un pantalon en velours côtelé. Enfin, il glissa ses pieds dans ses baskets en daim et attrapa sa besace.

– Petit déjeuner, mon amour ? demanda-t-il en m'ouvrant la porte.

– Oui, mon amour !

Il m'embrassa de nouveau et nous nous dirigeâmes vers la cafétéria, main dans la main. Le fait que Cheyenne convoite mon mec ne me faisait plus ni chaud ni froid. Josh était à moi, et personne ne pourrait jamais nous séparer.

Le bonheur

– Où est Sabine ? me demanda Trey au petit déjeuner.

La chaise de ma camarade de chambre était toujours inoccupée et un rayon de soleil, tombé de la verrière, semblait souligner son absence.

– Elle était encore sous la douche quand je suis descendue.

Josh me prit la main sous la table et la serra dans la sienne. Puis il se pencha pour me susurrer à l'oreille :

– Je t'ai déjà dit que je t'aimais ?

Un agréable frisson me parcourut le dos.

– Ouais, ça me rappelle quelque chose…

C'était donc ça, le bonheur ?

Sur ces entrefaites, Gage arriva avec son plateau, des lunettes d'aviateur sur le nez. Ce spectacle ne m'irrita même pas. J'étais vraiment sur un petit nuage.

Puis Cheyenne quitta sa place à la table voisine et s'approcha de lui en ondulant comme un serpent. Là non plus, je n'éprouvai aucune animosité. Je n'étais vraiment pas dans mon état normal !

– Ga-age, j'ai une surprise pour toi ! chantonna-t-elle.

Il la regarda de haut en bas et secoua la tête.

– Dejà vu, déjà fait, lâcha-t-il avec une moue blasée.

Cheyenne se força à rire, comme si elle n'était absolument pas vexée.

– Je ne parlais pas de moi. Attends une seconde…

Comme pour lui donner la réplique, Sabine sortit au même instant de la file avec son plateau, métamorphosée. Ce n'était plus la fraîche jeune fille à l'allure exotique que je connaissais, mais une vraie bimbo. Minijupe en flanelle, jambes nues, bottes à talons hauts, chemisier blanc boutonné devant et queue de cheval haute. Alors qu'elle contournait la première table, elle faillit se tordre une cheville, mais retrouva gracieusement son équilibre. Gage n'y vit que du feu. Les yeux lui sortaient pratiquement de la tête.

C'était donc ainsi que Cheyenne prétendait aider Sabine. En la transformant en bombe sexy avant de la lâcher dans la cafétéria. Je la haïssais !

– Martinique s'est changée en petite écolière perverse, siffla Gage. J'adore !

Sabine eut un petit sourire satisfait, copie conforme de l'expression favorite de Cheyenne, et ouvrit la bouche pour prononcer les mots que sa conseillère lui avait certainement fait répéter. Mais les choses prirent un tournant inattendu.

Le pied de mon amie, déjà mal assuré, atterrit dans une flaque d'eau et, sans comprendre ce qui lui arrivait, elle fit un vol plané et atterrit brutalement sur le derrière, offrant sa petite culotte blanche à la vue de tous. Son plateau aussi s'envola, de sorte qu'une pluie de céréales, de jus d'orange et d'œufs brouillés retomba sur l'infortunée, ruinant son chemisier.

Un long moment, l'assemblée resta muette, figée dans sa stupeur. Puis un tonnerre de rires succéda au silence.

Gage était plié en deux et Cheyenne quasiment prise de convulsions. Sabine promena autour d'elle un regard effaré et tira désespérément sur sa jupe pour cacher sa culotte.

Juste avant de me précipiter à son secours, je vis Cheyenne frapper discrètement sa paume dans celle de Portia. Ce geste presque imperceptible aurait pu m'échapper si j'avais cligné de l'œil à ce moment-là, mais il me suffit à comprendre. Cheyenne avait sciemment renversé de l'eau dans l'allée centrale après avoir prêté à Sabine, qui ne possédait que des sandales plates et des tongs, ses chaussures aux talons les plus hauts. Elle avait tout orchestré. Ma fureur n'avait d'égale que sa méchanceté.

– C'est toi qui as manigancé ça, lui dis-je en tremblant.

Cheyenne pouffa :

– N'importe quoi, Brennan ! Reviens sur terre.

Sabine se releva enfin et courut maladroitement vers la porte.

– Tu vas regretter d'avoir fait ma connaissance, lançai-je à Cheyenne.

– Tu oublies une chose, Reed. C'est toi qui as commencé. C'est toi qui as lancé les hostilités le soir du vote. Ce qui arrive maintenant est entièrement de ta faute.

J'avais envie de la gifler, de la traîner par terre au milieu de la cafétéria, pour qu'elle comprenne ce que ça faisait. Mais je n'avais pas le temps : je devais rejoindre Sabine.

– Je n'ai pas dit mon dernier mot, Cheyenne, lui promis-je. Loin de là…

Paralysée

Sabine passa toute la journée à l'infirmerie. Quand j'allai prendre de ses nouvelles, on ne me laissa même pas la voir, sous prétexte qu'elle voulait être seule. Après le dîner, auquel elle n'assista pas, elle fit un passage éclair dans notre chambre pour prendre des livres et repartit sans un mot, malgré mes tentatives pour engager la conversation.

Il était dix heures et quart à présent, et elle n'était toujours pas revenue. La bibliothèque était pourtant fermée depuis un quart d'heure. Où diable était-elle passée ?

« S'il vous plaît, priai-je en silence, faites qu'elle ne jette pas l'éponge. Ne donnez pas cette satisfaction à Cheyenne. »

Je soupirai en regardant mon portable. Josh aussi avait disparu. Je détestais attendre près de mon téléphone qu'il se décide enfin à sonner, mais j'en étais pourtant là. J'avais besoin de lui parler, pour échanger nos impressions sur ce qui s'était passé et l'entendre me rassurer au sujet de

Sabine. Josh m'appelait chaque soir à dix heures avant de se coucher. Mais ce soir-là, rien, alors que le matin même, nous avions passé un moment génial, le plus intense peut-être depuis le début de notre relation. J'en étais encore toute chose.

La pendule marquait 22 h 18. Persuadée que quelque chose clochait, je pris mon téléphone, et j'allais composer son numéro, quand la porte s'ouvrit à la volée.

– Reed ! s'écrièrent en chœur Constance et Sabine.

– Hé, doucement ! J'ai failli mourir de peur ! dis-je en riant.

Puis je regardai attentivement mes deux amies. J'avais beau être heureuse de revoir Sabine et de constater qu'elle allait bien, je reçus un coup au cœur. Elles étaient échevelées, bouleversées. On aurait dit qu'elles venaient d'avoir un accident de voiture.

– Qu'est-ce qui vous est arrivé ?

Elles se regardèrent avec appréhension et mon cœur se mit à battre la chamade.

– Qu'y a-t-il ? demandai-je, la gorge serrée.

– C'est Josh...

Constance semblait confuse. Je me demandai une seconde si elle lui avait fait du tort de quelque manière.

– Quoi, Josh ?

– Il faut que tu viennes, dit Sabine en me prenant le bras. Viens.

Une peur irrationnelle s'infiltra jusque dans la moelle de mes os et m'interdit de bouger.

– Pour aller où ? demandai-je.

– Reed…

– Je n'irai nulle part tant que vous ne m'aurez pas expliqué ce qui se passe, déclarai-je avec fermeté. Dites-le-moi. Tout de suite !

L'air sinistre de mes amies acheva de me paniquer.

– On les a vus, Reed, lâcha enfin Sabine. Josh et Cheyenne.

Confrontation

Je partis comme une dératée. Je courais si vite que mes poumons me brûlaient. Je n'entendais plus que le vent siffler dans mes oreilles. Soudain, je trébuchai sur une des lampes qui bordaient le sentier et je m'étalai sur les pavés. Je me relevai immédiatement, le genou, la main et la joue écorchés, et je repris ma course.

« Il m'aime. Ça ne peut pas être vrai. Il m'aime. Il m'aime. »

Sabine arriva en même temps que moi sous les fenêtres de Mitchell Hall. Constance était encore loin derrière.

– Reed, respire d'abord, me conseilla mon amie. Calme-toi !

– Non ! criai-je.

Cela m'était égal qu'on m'entende. Je me moquais d'être renvoyée. Je voulais voir.

Je rampai entre les buissons. Il manquait des lattes aux volets, de sorte qu'on pouvait jeter un coup d'œil à l'intérieur du bâtiment. Je fermai les yeux et dis une brève prière avant d'attraper la corniche de pierre du bout des doigts. Puis je me hissai jusqu'à la fenêtre et je regardai.

Un frisson glacé courut le long de mon dos et ma vue se troubla. Dans la lumière chaleureuse du cimetière de l'art, notre sanctuaire, l'endroit où nous avions passé tant de moments merveilleux, échangé tant de baisers, Josh, allongé sur le canapé, regardait amoureusement Cheyenne, assise à califourchon sur lui.

Je sentis mon estomac se révulser et j'eus à peine le temps de tourner la tête pour vomir dans l'herbe sans arroser Sabine. Des larmes jaillirent de mes yeux, coulèrent sur mon nez et sur mes lèvres.

« Mais il m'aime. Il a dit qu'il... »

– Reed, je suis désolée..., fit Sabine.

– Non. Non.

J'essuyai ma bouche d'un revers de main et observai de nouveau la scène. D'une main, Josh enlaça tendrement le cou de Cheyenne, tandis que de l'autre, il faisait glisser sur son épaule le chemisier qu'elle était en train de déboutonner.

– Non !

J'en avais assez vu. Je me tournai et écartai Sabine du passage pour me précipiter vers la porte de Mitchell Hall, que j'ouvris violemment. Une demi-seconde plus tard, je tambourinais à la porte du cimetière de l'art. Puis je m'aperçus qu'elle n'était pas fermée. Je la poussai si fort qu'elle alla claquer contre le mur. Un tableau se décrocha et s'écrasa par terre. Cheyenne sursauta et me considéra un instant bouche bée, puis elle tenta de rajuster son chemisier pour couvrir son soutien-gorge en dentelle. Sa jupe était par terre, et un string ne cachait qu'une infime partie de ses fesses bronzées.

– R-Reed, bredouilla Josh. Reed, qu'est-ce que tu…

– Ta gueule ! hurlai-je, le visage baigné de larmes. Je ne veux pas te parler. Je ne veux même pas te regarder !

Josh se redressa sur les coudes et me fixa d'un air égaré. Son T-shirt, celui qu'il avait enfilé le matin devant moi, était remonté sur ses pectoraux, son pantalon de velours déboutonné. Je sentis un flot de bile affluer dans ma gorge et déglutis péniblement. Pourquoi Josh n'était-il pas affolé, comme Cheyenne ? Pourquoi n'implorait-il pas mon pardon ? Ce qu'il m'avait dit le matin était-il un mensonge ? Est-ce que je comptais si peu pour lui ?

– Calme-toi, Reed, dit Cheyenne en se rhabillant de mauvaise grâce. Je sais que c'est pénible pour toi, mais tâche de garder un minimum de dignité.

Cette remarque fit céder quelque chose en moi : le fil ténu qui m'avait jusque-là empêchée de franchir le pas. Je pris mon élan et la giflai de toutes mes forces.

Consentant

– Espèce de salope ! Traîtresse ! criai-je en entrant dans la maison Billings comme une tornade, Sabine et Constance sur mes talons.

Cheyenne, qui courait devant moi, monta l'escalier quatre à quatre.

– Laisse-moi, espèce de malade ! hurla-t-elle en retour.

Je la suivis jusqu'à sa chambre. Toutes les portes étaient déjà ouvertes et nos camarades, en pyjama, étaient sorties sur le seuil.

– Reed ! Que se passe-t-il ? demanda Rose.

« Je répondrai à cette question plus tard. Pour l'instant, j'ai une rivale à étriper. »

Cheyenne voulut me claquer la porte au nez, mais je posai la main à plat sur le battant, poussai de toutes mes forces et m'engouffrai dans la pièce.

– Sors ! ordonna-t-elle en reculant vers la fenêtre.

– Pas avant que tu admettes que tu es une sale garce !

Cheyenne partit d'un rire nerveux.

– Tu es folle à lier, Reed.

– Moi, je suis folle ? Tu crois ? Tu passes ton temps à nous donner des leçons d'intégrité, à nous bassiner avec la prétendue fraternité des filles de Billings, ou à nous parler des soi-disant liens qui nous uniront toute notre vie..., et, pendant ce temps, tu ne penses qu'à une chose, c'est me piquer mon mec !

Des exclamations de stupeur et des murmures étouffés me parvinrent. Je me retournai. Nos camarades de dortoir formaient un demi-cercle autour de nous.

– Hé oui, les filles ! Figurez-vous que votre merveilleuse présidente, si droite, si intègre, était à califourchon sur mon petit ami au cimetière de l'art.

Au diable la discrétion : j'étais convaincue qu'elles l'apprendraient par la rumeur, de toute manière.

– C'est cette même personne qui prétend savoir qui est assez bien pour vivre à Billings. Qui a les qualités requises. C'est cette salope déloyale qui se permet de juger les autres !

– Je ne suis pas la seule responsable, Reed, protesta Cheyenne. Je ne me suis pas jetée à son cou. Josh était consentant. C'est même lui qui m'a proposé de le rejoindre là-bas.

J'accusai difficilement le coup, et je fus forcée de m'appuyer contre la penderie pour lutter contre un accès de vertige. Il n'était pas question que je pardonne sa trahison à Josh, mais penser que Cheyenne était à l'origine de leur petite rencontre aurait rendu la douleur plus supportable, d'une certaine manière. Je préférais imaginer qu'elle était allée le trouver dans sa petite tenue sexy, et qu'il n'avait pas su résister à ses avances…

– Je ne te crois pas ! Je t'ai vue. Tu passais ton temps à l'allumer. C'est cent pour cent ta faute.

– Ah ouais ? Et ça, alors ?

Cheyenne fouilla dans son sac et me tendit son portable.

– Regarde le premier texto.

Elle bluffait, forcément. Du moins, je l'espérais. J'ouvris la fenêtre des SMS et je manquai m'évanouir. Le numéro de portable de Josh s'affichait en haut de l'écran. Et son message : « Besoin 2 toi. rdv ce soir, cimetière 2 l'art, après réunion comité. »

Prise d'une rage monumentale, je balançai son téléphone contre le mur. L'appareil se brisa en mille morceaux, dont un atteignit Cheyenne au visage. Elle gémit et prit son menton entre ses mains.

C'est le moment que choisit Mme Lattimer pour faire son entrée.

– Mesdemoiselles ! cria-t-elle. En voilà assez !

La surprise, l'horreur et le dégoût se peignirent sur ses traits quand elle découvrit la scène. Cheyenne débraillée. Les débris du portable jonchant le sol. La fureur qui me défigurait.

Jamais je n'avais vu notre mère de maison afficher un air aussi sinistre.

– Dans votre chambre, mademoiselle Brennan ! gronda-t-elle. Immédiatement !

Du renfort

– Pour qui elle se prend ? Elle pense qu'elle peut faire tout ce qui lui chante ? Avoir tout ce qu'elle veut ? tempêtai-je en faisant les cent pas devant Sabine.

Ma camarade de chambre, assise sur son lit, me regardait aller et venir. Seuls ses yeux bougeaient. On aurait dit qu'elle évitait de changer de position, même d'un centimètre, de peur d'ajouter à ma fureur. Il est vrai que j'étais complètement hors de moi.

– Avoir tous les mecs qu'elle veut… ? enchaînai-je.

Ma voix se brisa soudain et je m'arrêtai, une main devant la bouche. Les images me revenaient par flots. La main de Josh sur la peau nue de Cheyenne. Cet air d'adoration dans ses yeux, qui m'était autrefois réservé. Josh regardant Cheyenne comme il m'avait regardée le matin même, quand je lui avais dit que je l'aimais.

J'étreignis mon ventre de l'autre main. Comment avait-il pu me faire une chose pareille ? Était-ce pour cela qu'il voulait tant que je quitte Billings ? Pour éviter que je ne découvre le pot aux roses ? C'est sûr que si Cheyenne et moi n'avions pas partagé le même dortoir, j'aurais eu plus de mal à deviner leur trahison. Et l'autre soir, quand elle était rentrée si tard au dortoir. Je la croyais avec Sabine… Était-elle déjà avec Josh ? Le lendemain matin, il était épuisé, impatient et de mauvaise humeur. Est-ce qu'ils se voyaient déjà en secret depuis une semaine entière. M'avaient-ils menti depuis le premier jour ? J'avais du mal à croire que Josh puisse être aussi manipulateur. Aussi retors. Non. Pas lui. Ce n'était pas possible.

Mais enfin, je n'aurais jamais non plus cru possible ce qui s'était passé ce soir.

– Elle est incontrôlable, dit Sabine. Vous étiez amies, avant, non ? Et même si vous êtes en conflit cette année, ce n'est pas une excuse.

Je réprimai une nausée et m'essuyai les yeux.

– Incontrôlable est un euphémisme, rétorquai-je. Tu sais qu'elle était prête à vous virer de ce dortoir, Constance, Lorna et toi ? Elle a décidé ça dès le premier jour. Peu lui importe que vous quittiez Billings ou que vous soyez renvoyées. Pour elle, le plus tôt sera le mieux.

Sabine en resta bouche bée.

– Renvoyer ? Elle voudrait nous faire renvoyer ? Mon père me tuerait !

– Elle s'en fiche. Du moment que tu ne vis plus ici, marmonnai-je.

– Mais… mais je n'ai rien fait pour mériter ça, protesta Sabine en se levant. J'ai dit oui à tout ce qu'elle me demandait : je suis allée lui faire ses courses, j'ai nettoyé sa chambre… j'ai chapardé des trucs et je suis allée les rapporter. Je n'ai rien fait de mal. C'est elle qui manipule tout le monde. Ce n'est pas juste !

Je m'accoudai à mon bureau et regardai par la fenêtre les lumières qui scintillaient dans la cour.

– Tu as raison. C'est Cheyenne qui devrait être renvoyée, après tout ce qu'elle a fait.

Mes paroles flottèrent un instant dans l'air entre nous. Sabine n'ajouta rien. Elle était parfaitement immobile. « Cheyenne. Renvoyée. Cheyenne. Renvoyée. »

Cette année aurait dû être parfaite. Sans drames. Et cette peste avait tout gâché. Billings. Josh. Tout.

Je regardai de nouveau Sabine. Elle avait les yeux écarquillés. Pensait-on la même chose ? Ma peau me picota.

– Et si elle se faisait renvoyer ? suggérai-je.

– Alors, tout serait fini, non ? dit Sabine timidement.

– Comme ce serait tranquille, ici, murmurai-je en promenant mon regard dans notre chambre. Sans Cheyenne pour vous martyriser. Sans le bruit de ses talons, sans ses cris et sans les ordres qu'elle balance à longueur de journée...

– On pourrait recommencer à étudier tranquillement, fit Sabine, nostalgique. On aurait une vie normale.

Elle avait raison. Si Cheyenne s'en allait, les nouvelles n'auraient plus de raisons de stresser. Elles n'auraient pas à supporter toutes les humiliations que j'avais subies l'an dernier. J'étais certaine qu'en son absence le bizutage prendrait fin. Portia était trop égocentrique pour se donner cette peine. Quant à London et Vienna, elles préféreraient consacrer leur temps à se pomponner et à faire la fête. Sans Cheyenne, fini les complots. Billings serait libéré.

En plus, franchement, je ne rêvais que d'une chose : voir sa tête au moment où elle apprendrait qu'elle était renvoyée. Elle comprendrait enfin qu'elle avait eu tort de me provoquer. Qu'on ne pouvait pas me poignarder dans le dos impunément.

Je songeai soudain que ça ne me ressemblait pas de conspirer contre quelqu'un, encore moins de dénoncer une camarade. Puis je repensai à Josh. Je revis son visage. Ses mains. Ses yeux. Et je compris que j'en étais capable. Sans problème.

– Tu crois qu'on pourrait le faire ? demandai-je tranquillement.

Sabine se mordit la lèvre.

– Je ne saurais pas par quel bout commencer.

Fébrile, je m'assis sur ma chaise de bureau. L'écran de mon ordinateur était éteint, mais le regarder me donna une idée. Quel dommage que Noëlle ne soit pas là ! Elle aurait su exactement comment se venger de Cheyenne. Hélas ! je n'avais aucun moyen d'entrer en contact avec elle. Elle avait depuis longtemps changé de numéro de téléphone et d'adresse e-mail, comme si elle avait voulu couper complètement le contact. Me faire sortir de sa vie. Pourtant, j'avais le sentiment qu'elle voudrait entendre parler de cette histoire, et qu'elle serait prête à m'aider. Elle se souciait de Billings, et m'avait confié qu'elle craignait ce qui arriverait si Cheyenne prenait le pouvoir.

Je fixais toujours mon ordinateur. Je connaissais quelqu'un qui saurait peut-être où la trouver. Quelqu'un à qui j'avais « parlé » presque chaque jour, dernièrement. Peut-être était-il temps d'aborder avec Dash le sujet que j'évitais depuis si longtemps. En avais-je le courage ? Et s'il m'aidait à trouver Noëlle, serait-elle d'accord pour voler à mon secours ?

Je tapai sur la barre d'espace et l'écran s'alluma.

– Qu'est-ce que tu fais ? m'interrogea Sabine.

Je composai l'adresse de Dash.

– Je demande du renfort.

Je tapai un bref message. À la seconde où j'appuyai sur la touche envoi, l'appréhension m'envahit. Qu'est-ce que je m'imaginais ? Je n'étais pas Noëlle, ainsi que je l'avais démontré au cours des dernières semaines. Je n'étais pas capable de faire renvoyer quelqu'un. Même pas Cheyenne. Je n'étais pas une manipulatrice. Ce n'était pas dans mon caractère.

Et surtout, je craignais que Dash ne me réponde pas. Nous n'avions jamais fait allusion ni à Noëlle ni à Josh dans nos échanges de mails. Le fait de la mentionner aujourd'hui ne risquait-il pas de mettre fin à notre complicité ? J'avais peut-être commis l'irréparable. Perdu Josh et Dash dans une seule et même journée.

Je refermai l'ordinateur et avalai ma salive pour tenter d'humecter ma gorge, affreusement sèche.

– Si on parlait d'autre chose, dis-je d'une voix rauque.

Sabine eut un rire bref.

– Ouais, bonne idée !

Nous nous étions aventurées beaucoup trop près de l'abîme. Il était temps de rebrousser chemin.

Encore quatre heures…

Ce soir-là, allongée dans mon lit, je fixais le plafond, incapable de trouver le sommeil. Les images m'assaillaient sans relâche. Les jambes nues de Cheyenne à califourchon sur Josh. La poitrine de Josh. Sa main sur la nuque de ma rivale. Sur son épaule. Ses yeux amoureux. Ses mains qui déboutonnaient lentement le chemisier. Le soutien-gorge de Cheyenne. Son string. Le pantalon de Josh, ouvert…

Je me retournai brusquement et grognai dans l'oreiller. Mes larmes inondèrent la taie.

Comment Josh avait-il pu me faire une chose pareille ? Comment ?

Je n'arrivais plus à respirer. Je levai la tête et mon cœur faillit s'arrêter. Des lumières rouges et bleues flashaient dehors. Un million d'images, des souvenirs de l'an dernier, affluèrent dans mon esprit. Je sautai de mon lit et j'écartai les rideaux.

Dehors, une ambulance contournait les dortoirs des filles. Je la vis remonter l'allée vers les bâtiments des garçons. Pas de sirène. Pas de bruit. Rien que le hurlement silencieux des gyrophares.

Je retins ma respiration et m'agrippai aux rideaux jusqu'à ce que le véhicule disparaisse de ma vue. Alors, j'ouvris la fenêtre et j'écoutai. J'entendis des portières claquer dans le lointain. Des voix dans la nuit claire. Puis plus rien.

Je regardai le réveil. Encore quatre heures avant le petit déjeuner. Quatre heures à attendre pour savoir quel nouveau drame s'était produit à l'Académie d'Easton.

Chère petite Sabine

Le lendemain matin, j'étais impatiente de quitter le dortoir pour découvrir ce qui était arrivé pendant la nuit, mais je voulais aussi attendre Sabine. Après la nuit que j'avais passée, je ne me sentais pas le courage de traverser seule le campus, d'affronter seule les commérages et les regards furtifs. Sabine s'habilla à toute vitesse, et nous étions prêtes à quitter la chambre quand Cheyenne poussa un hurlement. Deux secondes plus tard, elle était dans le couloir, encore vêtue de son peignoir rose, serrant contre elle les restes déchiquetés de la tenue qu'elle avait prêtée à Sabine la veille.

– C'est quoi, ça ? cria-t-elle à mon amie en lui brandissant les haillons sous le nez.

– Ah, oui…, fit Sabine sans se démonter. J'ai voulu les laver, comme tu as été vraiment sympa de me les prêter, mais la machine du campus s'est emballée et elle a tout mis en pièces…

Je n'en revenais pas. Elle n'avait pas fait ça ? Ma chère petite Sabine !

– C'est la machine à laver qui a fait ça ? fulmina Cheyenne.

Elle déploya le chemisier et la jupe, qui étaient tous les deux découpés en bandelettes et maculés de traces noires, comme du cambouis.

Sabine haussa les épaules.

– C'est une vieille machine.

– Et je suppose que c'est elle aussi qui a réduit mes bottes en charpie…, dit Cheyenne en la fusillant du regard.

– Non, admit Sabine. C'est le chien du concierge. Il est entré dans la buanderie et les a saisies dans sa gueule. Impossible de lui faire lâcher prise. Je suis infiniment désolée. Je te rembourserai, bien sûr.

Je m'étranglai de rire.

– Je ne crois pas que ce sera nécessaire, remarquai-je en mettant un bras autour des épaules de Sabine. Vous êtes quittes.

Je l'entraînai vers la porte.

– Merci. J'avais bien besoin de rire, ce matin. Mais je ne t'aurais jamais cru capable de ça.

– Moi non plus, répondit Sabine. À croire qu'elle m'a poussée à bout…

Règlement de comptes

Je me dirigeai vers la cafétéria comme un robot, tous les muscles tétanisés. Sabine m'avait abandonnée en sortant du dortoir pour aller chercher je ne sais quel papier chez son conseiller d'orientation et je me retrouvais seule. Vulnérable. Il faisait un froid inattendu pour la saison, et je ne m'étais pas habillée assez chaudement. Il faut dire que j'avais eu d'autres soucis que la météo... Une brise fraîche me fit frissonner. Je croisai mes bras nus et me frottai les épaules, puis je regardai autour de moi, à l'affût d'un indice de ce qui s'était passé la nuit précédente. Tout semblait normal. Un joyeux samedi matin ensoleillé à l'Académie d'Easton.

– Reed !

Trey venait vers moi d'un pas pressé, son beau visage chiffonné par l'inquiétude. Je m'arrêtai net. Ça ne me disait rien qui vaille.

– Ça va ? Tu es au courant pour Josh ? me demanda-t-il.

– De quoi tu parles ?

Il se tut, embarrassé.

– Josh. Il a été emmené à l'hôpital la nuit dernière. Gage ne t'a pas appelée ?

– Non.

– Ah, c'est pas vrai...

– Que s'est-il passé ?

– Il a fait une crise d'épilepsie. Je me suis réveillé en sursaut et je l'ai trouvé par terre, en train de trembler comme un malade. J'ai appelé le 911. Je suis désolé. Gage devait te...

Il s'interrompit au milieu de sa phrase en voyant une berline noire – un des véhicules officiels d'Easton – franchir les grilles et stationner entre les dortoirs. Une portière s'ouvrit et Josh en descendit très lentement. Le jean effiloché, les cheveux en bataille, mais sinon, parfaitement intact. Mon soulagement fut de courte durée : il se dissipa à la seconde où Josh me regarda. Je venais soudain de me rappeler les événements de la veille au soir, et je ne tenais plus en place. Ça m'était égal qu'il aille bien ou pas : il fallait à tout prix que je disparaisse. Je tournai les talons et filai vers la cafétéria.

– Reed ! Attends ! cria Josh.

Je pressai encore le pas.

– Reed ! Je t'en prie ! Il faut que je te parle.

Il me rattrapa et posa une main sur mon épaule. Je fis volte-face et me dégageai brutalement.

– Ouille. Arrête !

Josh s'agrippa à mon bras, le dos voûté, comme si je venais de pomper toute l'énergie qu'il lui restait.

– On a assez parlé, sifflai-je entre mes dents.

Il était d'une pâleur cadavérique. Ses yeux étaient rouges et injectés de sang. J'avais envie de le serrer dans mes bras, de l'interroger sur ce qui lui était arrivé. De l'embrasser et...

Et de le gifler. Non. De lui balancer un coup de poing dans le ventre.

– Reed, j'ai fait une crise d'épilepsie hier soir, me dit-il d'une voix implorante.

– Et alors ? Tu veux que je t'embrasse pour te guérir ? lâchai-je en m'éloignant à toute allure.

– Non. Ce n'est pas ce que je voulais dire ! se défendit Josh. S'il te plaît, Reed. S'il te plaît, arrête-toi. Je n'arrive pas à te suivre.

Quelque chose dans son intonation me força à céder. Quand je le regardai de nouveau, il s'était assis sur l'un des bancs de pierre. Lentement. Comme si tout son corps le faisait souffrir.

– Qu'est-ce qui t'arrive ? demandai-je, agressive.

– C'est à cause de ma crise. Tous mes muscles me font mal. Je n'aurais pas dû courir...

Il accompagna ces mots d'une grimace qui me fit monter aux yeux des larmes de colère. Pourquoi faisait-il cela ? Espérait-il que la pitié me rendrait plus clémente ? Que j'en oublierais sa trahison ?

– Au sujet d'hier soir..., commença-t-il.

– Je ne veux pas en parler, le coupai-je.

– Moi si, répondit-il sèchement.

Sèchement. Non, mais quel culot ! Comme si c'était moi qui m'étais compromise avec Cheyenne.

– J'étais drogué, Reed. Je ne savais pas ce que je faisais, dit-il à toute vitesse. J'étais au cimetière de l'art et l'instant d'après, elle était là... et puis toi, ensuite... et... je ne me souviens même pas de la moitié de ce qui s'est passé. J'étais complètement à l'ouest. Il faut que tu me croies. Je ne t'aurais jamais fait une chose pareille. Tu le sais. Je n'ai même pas...

– Arrête.

Mes yeux débordaient de larmes. Un petit groupe de badauds nous dévisageait.

– Arrête de mentir.

– Je ne mens pas ! cria Josh. Je te dis ce qu'il en est. Quelqu'un a mis un truc dans ma boîte de pilules hier. Je la prépare toujours au début de la semaine, j'y mets les cachets dont j'ai besoin chaque jour. Hier, j'ai fait tomber mes pilules dans ma main et je les ai avalées toutes ensemble. Tu m'as vu le faire un million de fois, pas vrai ?

Pourquoi restais-je plantée là. Pourquoi ?

– Pas vrai ? insista Josh.

Je hochai la tête.

– Eh bien, au passage, j'ai remarqué un truc bizarre. Un petit cachet blanc avec des pois bleus. Ce n'était pas un de ceux que je prends d'habitude. Mais c'était trop tard. Je me suis dit que je m'étais fait un film, mais maintenant, je suis sûr que non. Ça devait être un de ces trucs, une drogue du viol, ou je ne sais quoi. C'est la seule explication.

– Oh non, ce n'est pas la seule..., murmurai-je.

– Autrement, comment expliques-tu que j'aie fait une crise cette nuit ? demanda Josh. Je n'en avais pas fait depuis des années. Ça m'arrive seulement quand je bois trop d'alcool, quand l'équilibre de mon corps est perturbé. C'est tout à fait plausible. On a dû me faire prendre un produit chimique qui a déclenché cette crise.

Je regardai ses yeux implorants, son teint blafard.

– C'est quelqu'un qui m'a joué un mauvais tour, Reed. Jamais je ne t'aurais blessée volontairement. Tu es tout pour moi, tu ne comprends pas ? Tout !

Je crispai si fort la mâchoire que mes tempes m'élançaient.

– Et ce texto ? demandai-je tranquillement.

Josh cligna des paupières.

– Quoi ? Quel texto ?

– Le texto que tu as envoyé à Cheyenne pour l'inviter à te retrouver, Josh ! Le texto dans lequel tu lui disais que tu avais besoin d'elle ! Comment tu le justifies, celui-là ?

– Reed, je n'ai pas la moindre idée de ce que tu racontes.

– Arrête de mentir ! hurlai-je. Je l'ai vu sur son téléphone ! Elle me l'a montré. Il venait de ton portable. Tu lui a demandé de te rejoindre !

– C'est faux. Archifaux, fit Josh en secouant la tête.

Il louchait, comme s'il essayait de se rappeler quelque chose.

– On était ensemble à une réunion dans Mitchell Hall pour cette histoire de dîner au Driscoll. Après, je suis allé au cimetière de l'art. Cheyenne a dû me suivre...

– S'il te plaît, arrête ! dis-je, effondrée. Je ne peux pas supporter d'entendre ces salades plus longtemps.

Je fis demi-tour et m'éloignai en tremblant. Josh se leva, mais resta sur place.

– Reed, je t'en supplie ! m'implora-t-il. Ce n'était pas vraiment moi. Je ne savais pas ce que je faisais. Je t'aime, Reed ! Tu sais que je t'aime !

Mon cœur se déchira en plein milieu. Ce jour-là, ces mots résonnaient dans ma tête comme une blague cruelle. Une torture. Il continua à m'appeler, mais je ne me retournai pas, décidée à ne plus jamais regarder en arrière.

Le faux pas

Je me réveillai en sursaut quand la porte d'entrée de Billings se referma en claquant. La première chose que je remarquai, c'était que Sabine n'était pas dans son lit. La seconde, l'heure qui s'affichait sur le réveil : 1:04. Puis j'entendis la voix glaciale de M. White, en bas :

– Au lit ! Immédiatement.

Le bruit de pas dans l'escalier m'indiqua que Sabine n'était pas seule. Et, de fait, Constance et Lorna entrèrent bientôt dans la chambre derrière elle. Elles avaient toutes les trois la tête basse.

– Que s'est-il…

Cheyenne ne me laissa pas l'occasion de terminer ma phrase. Elle pénétra dans la pièce comme une furie, vêtue d'une simple nuisette.

– Qu'est-ce que vous avez fabriqué ? hurla-t-elle.

London, Vienna, Portia et Rose, Tiffany, Missy et Astrid la suivaient. Je ne lui avais pas adressé la parole de la journée, et j'avais une envie terrible de la jeter dehors de ma chambre.

– On ne t'a pas invitée à entrer ici, crachai-je.

Ce fut comme si j'avais parlé à un mur.

– On s'est fait prendre, avoua Constance en ôtant sa veste.

– Quoi ? fit Cheyenne dans un souffle.

– Génial ! ironisa Portia. Je savais que ça finirait par arriver.

– Prendre ? En train de quoi faire ? m'enquis-je, anxieuse.

– Elles devaient voler un énoncé d'examen, expliqua Portia.

– Vous êtes renvoyées ? demanda Cheyenne aux trois filles.

C'était évident qu'elle espérait une réponse positive.

– Non, répliqua sèchement Sabine, qui savait comme moi que Cheyenne rêvait de se débarrasser d'elles. Ils nous ont surprises dehors. Lorna a dit qu'on faisait une petite promenade nocturne, et ils n'ont pas pu prouver le contraire. On est seulement en probation.

– Joli réflexe, Lorna ! apprécia Tiffany.

Lorna lui fit un pauvre sourire.

– En probation ? répéta Rose. Ça veut dire quoi, exactement ?

– M. White nous a promis qu'on serait virées à la prochaine incartade, expliqua Constance, piteuse.

– Incroyable ! tonna Cheyenne. Savez-vous qu'en plus de quatre-vingts années aucune fille Billings ne s'est jamais fait prendre pendant cette épreuve. C'est du gâteau !

« Tais-toi, sale traîtresse ! Tais-toi, tais-toi, tais-toi ! »

– Moi, je ne me serais jamais fait prendre, renifla Missy.

Je me tournai vers elle, irritée. Elle était vêtue d'un bas de pyjama en soie et d'un haut sans manches. Astrid aussi était en caleçon. Kiki n'était pas là : elle devait dormir. En revanche, Constance, Sabine et Lorna étaient en noir de la tête aux pieds.

– Pourquoi ne t'es-tu pas fait prendre ? demandai-je.

– Pardon ? s'étonna froidement Missy.

– Pourquoi n'étais-tu pas dehors avec elles ? précisai-je, avant de regarder Cheyenne. Si toutes les filles Billings ont réussi cette épreuve depuis la nuit des temps, pourquoi Missy, Astrid et Kiki n'étaient-elles pas dehors en train de la passer ?

Cheyenne s'esclaffa.

– Je n'allais quand même pas envoyer six filles dehors en même temps. Les autres devaient le faire demain soir…

Elle posa un regard dégoûté sur les trois filles en noir.

– Enfin, maintenant, c'est exclu, ajouta-t-elle. C'est sympa, les filles, de tout gâcher pour tout le monde…

Sabine, Lorna et Constance regardaient leurs pieds comme des enfants surpris en train de voler des bonbons. C'était tellement humiliant. Et si peu mérité.

« C'est toi qui as raison », fit la voix de Dash dans ma tête.

– Bon, ça suffit, déclarai-je. Cheyenne, dehors !

Je n'avais pas le choix. Nous vivions dans le même dortoir. Elle torturait systématiquement mes amies. Il fallait que je mette les points sur les i, et le plus tôt serait le mieux.

– Quoi ? fit-elle sèchement.

– Toi et moi. On y va.

Elle pâlit.

– Pas question ! Pas si tu comptes me rejouer *Million Dollar Baby*.

– Je ne te toucherai pas, c'est promis ! dis-je, debout sur le seuil. Je veux juste discuter.

Cheyenne regarda ses amies, comme pour s'assurer de leur soutien en cas de pugilat. Puis elle me frôla pour sortir avant moi. Son contact me fit grimacer et j'inspirai à fond pour chasser les images obsédantes de son étreinte avec Josh. Je fermai la porte derrière nous, calai mes poings sous mes aisselles et me tournai pour lui faire face. Elle recula instinctivement vers sa chambre. Je faillis rire de sa couardise.

– Bon, ça se termine ce soir, affirmai-je.

Elle rit, sans doute soulagée que je ne lui aie pas envoyé un direct dans le menton.

– Tu es complètement folle, me lança-t-elle

– Au contraire. Je suis complètement lucide pour la première fois depuis le début de l'année. À partir de maintenant, tu vas laisser ces filles tranquilles, ou j'irai trouver le directeur pour lui raconter tout ce que tu manigances. Je suis convaincue qu'il déteste ce genre de petits complots.

Cheyenne rit de nouveau, puis elle remarqua le feu qui brûlait dans mes yeux.

– Tu ne ferais pas une chose pareille...

– Tu crois ? la défiai-je. Après tout ce que tu m'as fait, tu crois que j'hésiterais une seconde à mettre cette menace à exécution ?

Cheyenne m'observa. J'entendais presque grincer les rouages de son cerveau.

– Je dirai à tout le monde que c'est toi, me défia-t-elle en levant le menton. Tout le monde à Billings saura que tu as dénoncé tes sœurs.

– Après ce qui s'est passé hier soir, je ne suis pas sûre qu'elles me le reprocheraient...

– Détrompe-toi. Ces filles ne pensent qu'à elles, au cas où tu ne l'aurais pas remarqué. Elles se poseraient des questions. Si tu es capable de me trahir, tu peux les trahir aussi. Est-ce que ces six taches comptent plus pour toi que la maison Billings ?

– Non, répondis-je sans hésiter. Mais elles comptent plus pour moi que toi.

Cheyenne devint écarlate et sa mâchoire s'affaissa légèrement. Je sentis que je l'avais amenée exactement où je voulais.

– Je me débrouillerai avec les autres filles de Billings le moment venu. Mais je suis sûre d'une chose : le directeur préférerait renvoyer une personne qui cause des problèmes, plutôt que de fermer le dortoir et de justifier sa décision devant les anciennes pensionnaires de Billings.

Cheyenne ouvrait des yeux ronds et semblait avoir perdu son sens de la repartie.

– Je sais combien tu aimes ce dortoir, dis-je. Je sais que cela te tuerait de devoir vivre à Pemberly avec le peuple.

– Tu ne ferais pas ça.

– Oh, si !

Je la regardai de haut. Je me sentais forte, sûre de moi. J'avais renversé la situation, et la justice était de mon côté.

– Ne me provoque pas, Cheyenne. N'oublie pas que j'ai appris auprès des meilleures.

Sur ces mots, je fis demi-tour, rentrai dans ma chambre et lui claquai la porte au nez.

Enfin, j'avais eu le dernier mot.

Victoire

Entre le TP de biologie et le cours de chimie, je reçus un SMS de Rose, qui me convoquait à une réunion à Billings aussitôt après l'entraînement de foot. L'esprit ailleurs, je passai le match à manquer les passes et à tomber toute seule. Je pensais à Josh. À Cheyenne. À leur odieuse trahison. Et cette réunion, à quoi rimait-elle ? J'ignorais de quoi les filles Billings voulaient discuter, mais je pressentais que ça n'allait pas me plaire.

– Comment tu te sens ? Tu tiens le coup ? me demanda Astrid en descendant la colline vers le lycée.

Sa sollicitude m'agaça. Astrid était l'amie de Cheyenne. Pourquoi se renseignait-elle sur mon moral ? Pour faire son rapport à l'ennemi ?

– Ça va, dis-je sèchement.

Astrid s'immobilisa.

– Reed, je ne suis pas de son côté, tu sais ! protesta-t-elle.

Je fis encore quelques pas avant de m'arrêter. Je la regardai en retenant ma respiration. Je ne savais pas quoi dire.

– Ce qu'elle t'a fait est abject, continua Astrid en coinçant le ballon sous son bras. On n'a jamais été vraiment amies, tu sais. On se connaît par nos parents et, aujourd'hui, je suis sûre qu'on ne le deviendra pas.

Touché ! Je me sentis mollir, mais décidai quand même de rester sur mes gardes.

– Mmh.

– Je comprends que tu ne me fasses pas confiance aujourd'hui. J'espère que tu y viendras, un jour, reprit Astrid, imperturbable. Il me faut toujours un certain temps pour gagner l'amitié des gens.

Elle me fit un clin d'œil et rit.

– D'accord, grommelai-je. Ça marche.

Son portable bipa. Elle le sortit de son sac et grogna.

– Oh non !

– Qu'est-ce que c'est ?

– Un texto du tyran ! Elle commande à toutes les nouvelles d'aller à la bibliothèque et d'attendre ses instructions. Moi qui avais hâte de prendre une douche…

Les petits poils de ma nuque se dressèrent. Que se passait-il ? Je me fis violence pour ne pas foncer vers

Billings. J'accompagnai Astrid jusqu'à la croisée des sentiers, puis courus vers le dortoir.

Les bavardages allaient bon train dans le salon. Des verres tintaient, des filles gloussaient. À première vue, mes camarades de dortoir, moins les six nouvelles, bavardaient gaiement autour d'un plateau de limonade.

– Reed ! Te voilà ! fit Vienna.

Elle remplit un gobelet en cristal et se leva pour me l'offrir.

Tiffany nous prit en photo.

– C'est bon, on peut commencer !

Je lâchai mon ballon de foot.

– Commencer quoi, exactement ?

– On doit planifier la cérémonie d'initiation, répondit Rose.

– Je suis chargée des invitations ! chantonna London en s'éventant avec un catalogue de papeterie.

– Je croyais qu'on ne faisait pas d'initiation, soulignai-je. Le directeur l'a interdit, non ?

Tout le monde s'en fichait. Mais bon. Il fallait bien que quelqu'un le dise.

– Nous devons préserver certaines traditions envers et contre tout, dit Cheyenne en contournant le canapé pour venir se planter devant moi.

C'était étonnant comme mon sang entrait en ébullition dès que je la voyais. Chaque fois que je posais les yeux sur elle, je l'imaginais avec Josh. Sortaient-ils ensemble à présent ? Josh prenait tous ses repas à la table de Ketlar et nous évitait l'une et l'autre comme si nous étions contagieuses. Mais comment savoir s'ils ne se retrouvaient pas en secret ?

Et cette garce qui m'avait piqué mon mec avait le culot de me faire la leçon sur un détail aussi ridicule que les traditions de Billings... Je bombai le torse et la regardai méchamment, histoire de lui faire peur.

– C'est génial ! rétorquai-je. Sauf quand respecter la tradition peut nous faire renvoyer.

Plusieurs filles échangèrent des regards surpris. Apparemment, ça ne les avait pas effleurées.

– Je vais te l'expliquer autrement, Reed, lança Cheyenne avec condescendance.

Elle joignit les paumes.

– Qu'aurais-tu dit si tu n'avais pas pu vivre l'expérience de ton initiation à Billings, parce qu'un nouveau directeur avait décidé de l'interdire ?

Elle venait de marquer un point. Malgré la frayeur qu'elle m'avait causée, mon initiation m'avait procuré un immense plaisir. C'était la première fois, à Easton, qu'on m'avait donné l'impression d'appartenir à un groupe, d'avoir ma place quelque part. Mais aujourd'hui se posait aussi la question du vote. Je ne devais pas oublier que cette cérémonie avait pour but de signifier à plusieurs de nos nouvelles qu'elles n'étaient pas les bienvenues.

– Très bien, admis-je. Mais j'aimerais d'abord tirer une question au clair. Qui invite-t-on ?

– Tout le monde ! annonça joyeusement Rose.

– Vraiment ? fis-je, circonspecte.

– On en a discuté avant ton arrivée et on a décidé que tu avais raison, dit Cheyenne avec aigreur. On ne peut pas lutter contre les décisions du directeur. En plus, ces filles ne sont pas lépreuses, ni rien. Elles sont toutes... convenables.

– Et celles qui le sont moins pourront toujours travailler à s'améliorer, ajouta London.

Traduction ? J'avais gagné ! Cheyenne avait compris la veille au soir que je ne plaisantais pas. Je l'avais intimidée au point de la soumettre à ma volonté. Je n'étais pas peu fière ! Pour un peu, j'aurais fait une petite danse joyeuse... Elle m'avait peut-être volé Josh, mais je lui avais rabattu son caquet. C'était un début de revanche.

– En plus, on ne va pas passer l'année à ça. Personnellement, j'ai d'autres chats à fouetter : mes cours, les événements des terminales.

Cheyenne insista sur ces derniers mots et me regarda d'un air presque taquin. Je rougis, piquée au vif. Elle pensait à Josh, et elle se moquait de moi !

« Du calme, Reed. Ne lui arrache pas les cheveux. Elle vient de perdre une bataille. Elle cherche seulement à sauver la face. »

– Très bien. Je suis ravie que tu sois revenue à la raison. Mais il ne faut pas que le directeur entende parler de cette initiation.

– Évidemment ! dit Portia en haussant les épaules.

– Bon, alors, au travail ! conclut Cheyenne. On a du pain sur la planche, et peu de temps devant nous.

Malgré mon envie d'étrangler Cheyenne, je ne pus m'empêcher de sourire. J'avais gagné ! Désormais, grâce à moi, la vie à Billings serait plus paisible. J'avais écrasé ma rivale.

Comme j'aurais aimé que Noëlle puisse me voir…

Concentré d'émotions

Après le déjeuner, je quittai la cafétéria d'un pas si pressé que Tiffany dut courir derrière moi pour ne pas se faire semer. Pendant tout le repas, j'avais senti que Josh me regardait, et j'avais hâte de mettre de la distance entre nous. Je voulais à tout prix éviter une nouvelle confrontation. Pour moi, c'était fini. Affaire classée.

– Reed ! Reed ! Attends-moi !

C'était lui ! Je me mis à courir.

– Reed, ce n'est pas un marathon, haleta Tiffany à mon côté.

– Reed ! S'il te plaît, attends-moi, insista Josh.

– Désolée, Tiff, je dois filer, lançai-je à ma camarade.

Je piquai un sprint. Je devais avoir l'air d'une folle, échevelée, mon sac battant contre mon côté, mais cela m'était égal.

Josh me rattrapa au pied de l'escalier et me saisit par la manche. Deux élèves de seconde, qui entraient dans le bâtiment, me regardèrent avec inquiétude. Je me détournai.

– Qu'est-ce que tu veux, Josh ?

Je commis l'erreur de le regarder. Au secours, qu'il était beau ! Encore plus maintenant qu'il n'était plus à moi. C'était vraiment trop injuste !

– Il faut qu'on parle, haleta-t-il.

Ses yeux m'imploraient.

– Ça ne peut pas se terminer comme ça. Ce n'est pas possible.

– Si, c'est possible, Josh. C'est terminé. Laisse-moi tranquille.

Il se décomposa et un doute minuscule s'insinua en moi. Peut-être disait-il vrai. Peut-être qu'on l'avait drogué. Peut-être que ce n'était pas sa faute... Mais non. Pas question de m'aventurer sur ce terrain-là. Pas question d'être le dindon de la farce. Josh m'avait brisé le cœur. Jamais je ne pourrais lui pardonner.

– Laisse-moi partir.

– Reed...

Par bonheur, Tiffany nous rattrapa enfin. Elle glissa son bras sous le mien et déclara avec autorité :

– On s'en va.

Nous fîmes demi-tour et nous nous engouffrâmes dans le bâtiment. Je n'avais fait que deux pas chancelants quand une voix m'arrêta.

– Alors Brennan ? On brise encore les cœurs ?

Ivy Slade se tenait derrière nous, adossée à la porte. Les bras croisés, elle paraissait amusée. Provocatrice.

– Pour qui tu te prends ? Tu ne me connais même pas, répliquai-je sèchement.

J'étais tellement tendue après ma rencontre avec Josh que je lui fus presque reconnaissante de me fournir une raison d'exploser. Elle ne cilla même pas.

– Oh si, je te connais ! Je te connais bien mieux que tu ne l'imagines…

Ses paroles mirent cinq bonnes secondes à se frayer un chemin jusqu'à mon cerveau. Tiffany essayait vainement de m'entraîner à l'écart.

– Ne l'écoute pas, Reed, elle raconte n'importe quoi.

Mais Ivy en avait trop dit.

– Qu'est-ce que tu entends par là ? lui demandai-je. Qui t'a parlé de moi ? Taylor ? Tu es toujours en contact avec Taylor Bell ?

Ivy eut un rictus méprisant.

– Où est Taylor ? Que devient-elle ? enchaînai-je, déstabilisée par son calme. Qu'est-ce qu'elle t'a dit sur moi ?

– Ah, Reed, murmura-t-elle. Toujours la tête pleine de questions…

Assez ! Je ne supportais plus l'aplomb de cette inconnue qui prétendait me connaître.

– Mais qui es-tu ? soufflai-je, furieuse.

Elle sourit, nous contourna et s'éloigna d'un pas nonchalant.

– Quelle garce ! s'écria Tiffany.

– Qu'est-ce qu'elle a, cette fille ? lui demandai-je en tremblant comme une feuille. C'est quoi, son problème ?

– Reed, respire !

J'obéis et j'en éprouvai un réel soulagement. Je devais être en apnée depuis pas mal de temps.

– Bon. Maintenant, écoute-moi, dit Tiffany, sérieuse. Ne perds pas une seconde de plus à penser à Ivy Slade. Elle cherche uniquement à te faire flipper.

– Mais pourquoi ?

– Parce que c'est son passe-temps favori. Elle ne vit que pour ça.

Ivy s'arrêta devant une salle de classe, rejeta en arrière ses longs cheveux noirs et me fit un sourire entendu. Un frisson glacé m'enveloppa et la peur m'étreignit le cœur comme un poing glacé. Je me cognai le genou contre un banc.

– Reed ? Ça va ? me demanda Tiffany.

– Ça va. Sauf que cette dernière demi-heure était un peu trop chargée en émotions à mon goût.

– Tu veux que j'aille chercher l'infirmière ? Tu veux un verre d'eau ?

Je devais avoir vraiment mauvaise mine pour mériter autant d'attention. Je fis quelques pas chancelants et pris ma tête entre mes mains.

– Non, merci, ça va.

« Enfin, ça ira mieux quand j'aurai chassé ce sentiment atroce. »

Ce sentiment que j'avais déjà éprouvé, la dernière fois que j'avais regardé Ariana Osgood dans les yeux.

Une promesse

Le soleil venait de plonger derrière l'horizon et les photophores scintillaient au bord des sentiers. C'était une magnifique soirée de fin d'été, et pourtant, j'avais hâte de rentrer. Toute la journée, je m'étais sentie exposée comme une gazelle sur le territoire de chasse d'un lion, craignant à chaque instant de croiser Josh au coin d'un bâtiment. Mais curieusement, lorsque je la rejoignis sur les marches de la bibliothèque, Sabine semblait encore plus stressée que moi.

– Qu'est-ce qui t'arrive ? lui demandai-je. C'est Cheyenne ? Qu'est-ce qu'elle a encore fait ?

– Non, soupira mon amie. Je viens seulement d'apprendre que je devais choisir un sport…

Elle fit une grimace, comme si la seule perspective de l'exercice physique lui répugnait.

– Tu n'en pratiques aucun ? m'étonnai-je en lui ouvrant la porte.

– Pas vraiment. Un peu au tennis, au printemps... Et là, je suis obligée de m'inscrire à un truc au hasard. C'est l'horreur !

– Tu pourrais rejoindre notre équipe de foot, lui suggérai-je.

Elle s'esclaffa.

– Certainement pas ! Je ne connais pas les règles du jeu, et j'ai une peur panique des grandes filles assoiffées de sang.

J'éclatai de rire.

– Joli tableau ! Mais ça n'a pas d'importance. Astrid fait partie de l'équipe et elle n'a rien d'une athlète. Il y en a toujours quelques-unes qui squattent sur le banc de touche. Tu pourrais en faire partie.

– Peut-être... Je vais y réfléchir. Merci, Reed.

Elle parut se détendre légèrement. Puis nous nous installâmes côte à côte à une table et j'oubliai momentanément Josh. J'étais ravie que Sabine ait choisi Easton, parmi toutes les écoles de la Nouvelle-Angleterre ! J'avais enfin une véritable amie.

– Les filles ! Regardez ça, c'est dingue !

Constance surgit de derrière les rayonnages, échevelée et les yeux brillants, aussi sautillante qu'un écureuil de dessin animé.

– Regardez ce que j'ai reçu ! s'exclama-t-elle.

Elle s'assit près de moi et sortit une petite carte ivoire de son cahier de textes. Sabine se renversa sur son siège pour marquer son indifférence. Je pris la carte, sur laquelle étaient imprimés quelques mots, en lettres anglaises.

Constance Talbot
Les Sœurs de la maison Billings
vous prient de les honorer de votre présence,
ce soir à dix heures dans le petit salon.
Soyez vêtue de blanc.

– Ton invitation ressemblait à ça ? voulut savoir Constance.

– Pas du tout. Rappelle-toi : mon invitation était une chambre de dortoir à moitié vide.

– Ah oui, c'est vrai !

Elle regarda autour d'elle et ajouta en chuchotant :

– Mais c'est bien ça, hein ? C'est pour l'initiation ? Est-ce qu'on va enfin avoir nos pendentifs ?

Je souris, heureuse pour elle. Ses angoisses ne seraient bientôt plus qu'un mauvais souvenir.

– Vas-y, et tu verras...

Constance gloussa et rangea soigneusement son invitation. Sabine soupira.

– Qu'est-ce que tu as ? lui demandai-je, soudain soupçonneuse. Tu as reçu une invitation aussi, n'est-ce pas ?

– Oui, mais je ne comprends pas, dit-elle, maussade. Je n'ai jamais demandé à faire partie de ce truc. Pour moi, Billings est juste un dortoir. Un endroit pour dormir, où on m'a collée sans me demander mon avis. Et maintenant, je suis obligée de passer des tests, des épreuves, et tout pour qu'on m'y accepte. Ça ne me paraît pas juste.

– Tu ne veux pas être à Billings ? s'étonna Constance.

Sabine haussa les épaules et je ressentis un étrange pincement. L'impression désagréable d'être rejetée. Comment pouvait-on ne pas vouloir être à Billings ?

Enfin, Sabine venait d'un autre monde. On ne l'avait pas comme moi bassinée dès le premier jour avec la supériorité de ce dortoir et des filles qui l'occupaient. Elle n'avait jamais rencontré Noëlle, Ariana, Kiran et Taylor. Billings n'était incarné pour elle que par des personnes médiocres comme Cheyenne ou Portia, qui s'étaient évertuées à l'humilier et à lui imposer des épreuves absurdes depuis son arrivée. Je me mettais à sa place...

– Sabine, tu n'es pas obligée de vivre dans ce dortoir, dis-je. Tu peux sans problème demander à en changer. Il y a d'autres chambres libres sur le campus.

– Oui, fit Sabine, mais alors...

Elle regarda au loin et se mit à jouer avec son stylo, embarrassée.

– Mais alors, quoi ? souffla Constance.

– Mais alors, je ne partagerais plus ma chambre avec toi.

Cette déclaration d'amitié m'alla droit au cœur.

– Aah ! fit Constance avec une petite moue. Ça m'a fait la même chose l'an dernier, quand Reed m'a quittée. C'est un tel bonheur de vivre avec elle…

Je ris et secouai la tête. Elles étaient ridicules, mais je n'en étais pas moins flattée.

– Ne t'inquiète pas, Sabine, ça va s'arranger, promis-je. Dès ce soir, tu verras…

Elle hocha la tête, rassurée. L'idée ne m'effleura même pas que je m'étais peut-être un peu trop avancée.

Initiation

Le soir même, vêtue d'une jupe noire basique et d'un T-shirt noir à col danseuse, les cheveux tirés en arrière, je pris place entre Rose et Vienna. Rose portait une robe noire toute simple et Vienna était boudinée dans un fourreau noir, qui avait dû être une taie d'oreiller dans une vie antérieure. Nous formions avec les autres filles Billings un demi-cercle dans le petit salon, et tenions toutes dans une main une chandelle allumée. Cheyenne, plantée en face de nous, arborait son éternel rictus.

Mon pouls s'emballa lorsque j'entendis grincer les marches de l'escalier.

– C'est parti, dit Rose à mi-voix.

– Chuut ! fit Cheyenne.

Rose roula des yeux.

London entra la première dans le salon, vêtue d'une robe à peine plus sobre que sa ville jumelle. Elle avançait lentement, guidant les six filles aux yeux bandés qui la suivaient d'un pas hésitant. Les nouvelles, toutes vêtues de blanc, marchaient en file indienne, main dans la main, telle une ribambelle de personnages en papier découpé. Quand London s'arrêta, elles se cognèrent les unes dans les autres et je me retins de rire. London les abandonna sur le devant de la pièce pour aller se ranger au côté de Vienna. La nervosité de Constance était tangible, et je me réjouis une fois de plus pour elle. Dans quelques minutes, elle serait au bout de ses peines.

– Mesdemoiselles, ôtez vos bandeaux, ordonna Cheyenne d'une voix forte, qui se voulait sans doute intimidante.

Les filles obéirent et regardèrent autour d'elles en clignant des yeux, perplexes. Constance aperçut les écrins posés sur la cheminée et se mordit la lèvre pour réprimer un sourire.

– Bienvenue à la quatre-vingt-cinquième cérémonie d'initiation de la maison Billings, dit Cheyenne. Quand j'appellerai votre nom, vous avancerez d'un pas.

Ma bougie me chauffait le visage, et j'entendis une de mes voisines pester parce qu'elle s'était brûlée. C'était amusant de voir ce rituel sous un autre angle. L'an dernier, cette cérémonie m'avait paru à la fois irréelle et très importante ; les filles Billings me semblaient parfaites, intouchables. Maintenant que j'étais passée de l'autre côté, je savais qu'elles stressaient comme tout le monde à l'approche des examens, qu'elles tiraient discrètement sur leur slip quand il leur rentrait dans les fesses, et qu'elles attendaient avec impatience qu'on débouche le champagne stocké dans la pièce voisine.

– Astrid Chou..., dit Cheyenne.

Astrid avança d'un pas. Cheyenne lui tendit une bougie éteinte, qu'elle alluma à la sienne.

– Mesdemoiselles de Billings, acceptons-nous Astrid Chou dans notre cercle ? demanda Cheyenne.

– Bienvenue, Astrid ! Bienvenue parmi nous ! fîmes-nous en chœur.

Cette cérémonie me parut soudain très différente de ce que j'avais vécu lors de ma propre initiation. J'étais seule, alors ; on ne m'avait pas bandé les yeux, ni commandé de m'habiller en blanc. Mais bon, ça s'était fait dans l'urgence, et pour être honnête, mes souvenirs de cette journée incroyable étaient assez flous.

Astrid sourit lorsque Portia prit un écrin sur la cheminée, l'ouvrit sous son nez et le déposa dans sa main libre. Cheyenne lui effleura l'épaule et l'entraîna à l'extrémité de notre demi-cercle. Elle était des nôtres, désormais.

– Mélissa Thurber..., enchaîna Cheyenne.

Missy leva le nez bien haut et le rituel se répéta :

– Mesdemoiselles de Billings, acceptons-nous Mélissa Thurber dans notre cercle ?

– Bienvenue, Mélissa ! Bienvenue parmi nous !

Je ne l'avais peut-être pas dit aussi fort, cette fois.

Missy reçut son collier et alla se placer à côté d'Astrid. Nous initiâmes ensuite Kiki, qui arborait son uniforme de tennis, sans doute les seuls vêtements blancs qu'elle possédait. Puis ce fut le tour de Sabine.

– Sabine DuLac…, récita Cheyenne.

La flamme de sa bougie vacilla. Entre les ombres dansantes, je crus voir une lueur de malveillance dans ses yeux. Je secouai la tête, préférant me dire que j'avais rêvé.

– Mesdemoiselles de Billings, acceptons-nous Sabine DuLac dans notre cercle.

– Bienvenue, Sabine ! Bienvenue parmi nous !

La stupeur me coupa le souffle. Rose, Tiffany, London et moi étions les seules à avoir parlé. Le salon était plongé dans un silence tel qu'on entendait siffler les flammes des bougies. La peau de Sabine avait pris une teinte cireuse.

– London ! siffla Vienna entre ses dents.

– Désolée, j'ai oublié ! gloussa l'intéressée.

J'ouvris la bouche pour parler, mais un mouvement de Portia m'en empêcha. Elle alla prendre un écrin sur la cheminée, l'ouvrit et le tendit à Sabine, qui l'accepta d'une main tremblante.

L'écrin était vide.

– Constance Talbot…, fit Cheyenne sans attendre.

– Minute ! m'écriai-je.

Debout près de Sabine, Constance paraissait pétrifiée. Pétrifiée, mais pourtant pleine d'espoir. Pour ma part, je n'en avais aucun. Comment avais-je pu être assez naïve pour penser que mes menaces intimideraient Cheyenne ? Cette saleté m'avait vraiment roulée dans la farine !

– Mesdemoiselles de Billings, acceptons-nous Constance Talbot dans notre cercle ? demanda Cheyenne.

Un silence de mort lui répondit.

– Bienvenue, Constance ! Bienvenue parmi nous ! dis-je très fort.

Constance reçut sa boîte vide et Cheyenne se dépêcha d'enchaîner :

– Lorna Gross...

Lorna resta immobile, la tête baissée et les épaules secouées de sanglots. Jamais, de toute ma vie, je n'avais assisté à une scène aussi cruelle. Et je ne pouvais m'empêcher de me sentir responsable. J'avais été assez bête pour croire que j'avais un quelconque ascendant sur Cheyenne. Qu'est-ce que je m'imaginais ? C'était la seule fille qui avait jamais tenu tête à Noëlle Lange.

– Ça suffit ! criai-je.

Je sortis du rang et me plantai devant ma rivale, tremblante de rage.

– Reed, retourne à ta place, m'ordonna-t-elle.

– Espèce de garce ! Tu n'as pas le droit de faire ça.

Cheyenne porta une main à sa poitrine, feignant d'être choquée.

– Reed, s'il te plaît... Tu perturbes un rituel séculaire !

– Va te faire foutre avec ton rituel ! Je suis sûre que les femmes qui ont fondé Billings ne voudraient pas voir ça. Elles auraient honte de cette mascarade !

Je soufflai la flamme de ma bougie et la lançai à ses pieds, où elle se brisa en deux.

– Mais oui, bien sûr, ricana Cheyenne. Comme si tu connaissais quelque chose aux traditions de Billings. Ma grand-mère a vécu dans ce dortoir. Ma mère et toutes ses amies aussi. Et je peux te dire qu'elles seraient horrifiées de voir combien tu méprises nos valeurs.

– C'est toi qui leur ferais horreur.

– C'est fini, Reed ! J'ai été assez patiente avec toi, rétorqua Cheyenne en s'avançant vers moi. Tu n'as pas ta place ici. Pas plus qu'aucune de ces filles médiocres que tu défends.

– Pardon ? lâchai-je.

– Tu le sais. On le sait toutes. Personne ici n'a voté ton admission. Tu n'as jamais été autre chose que le joujou d'Ariana. Elle a comploté pour faire renvoyer Leanne et te permettre d'entrer ici, mais tu sais quoi ? Cette psychopathe n'est plus là et, aujourd'hui, personne ne veut de toi.

Je la fixai, aveuglée par la colère, incapable de formuler une réponse.

– Tu te trompes, articulai-je enfin.

– Tu le crois vraiment ?

Cheyenne avait tort. Forcément. Je la fixai d'un air de défi, espérant qu'une voix, rien qu'une, allait s'élever pour prendre ma défense. Mais mes camarades se taisaient.

– Euh... Reed ? murmura Rose. Cheyenne ?

– Quoi ? fîmes-nous à l'unisson.

Nous nous tournâmes ensemble et articulâmes le même « oh » muet. Je venais de comprendre pourquoi même mes plus proches alliées n'avaient pas ouvert la bouche pour voler à mon secours. Cromwell, M. White et Mme Lattimer entraient dans le salon. Le directeur promena un regard dans la pièce, remarqua les bougies, les vêtements noirs et blancs, les bandeaux éparpillés, et se renfrogna.

– Vous me décevez, mesdemoiselles.

Assis derrière son large bureau, le directeur me dévisageait. Le feu qui crépitait dans la cheminée me chauffait le dos au point de me faire des cloques. Il était minuit vingt. Cromwell et son homme de main avaient déjà interrogé la plupart de mes camarades de Billings, qui étaient sorties du bureau la tête basse et le regard fuyant. Seule Cheyenne attendait encore derrière la lourde porte de bois.

Si le directeur voulait me renvoyer, je préférais qu'il fasse vite, avant que la peau de mon dos ne soit brûlée au dernier degré.

Cromwell se renversa sur son siège et m'étudia, un doigt sur la joue. S'il espérait que j'allais craquer et me mettre à pleurer, il ne savait pas à qui il avait affaire. J'avais l'estomac noué et une envie terrible de faire pipi, les paumes moites et la tête vrillée par une douleur lancinante, mais mes yeux étaient secs. J'avais déjà lu les titres des 234 volumes rangés derrière son bureau et j'étais prête à recommencer s'il le fallait.

Derrière moi, M. White s'éclaircit la gorge. Le directeur leva les yeux et reprit sa position initiale : les mains jointes sur son bureau. La mine sévère.

– Que se passait-il dans la maison Billings, ce soir, mademoiselle Brennan ? demanda-t-il de sa voix autoritaire.

Je fis un sourire qui ressemblait davantage à une grimace.

– Vous avez interrogé quatorze de mes amies. Je pense que vous le savez déjà.

Cromwell haussa les sourcils et je me mordis les lèvres, regrettant mon impertinence. En même temps, nous savions que sa question était purement formelle. Une de mes camarades avait sans doute craqué avant même que je ne franchisse cette porte. Constance, peut-être... Alors, pourquoi continuait-il cette comédie ?

– J'aimerais vous l'entendre dire, déclara-t-il.

– Je n'ai rien à dire.

Il soupira.

– Écoutez, mademoiselle Brennan, je ne suis pas là pour vous causer des ennuis. Je connais votre histoire. J'ai lu votre dossier. J'ai du mal à croire qu'une élève boursière du fin fond de la Pennsylvanie soit à l'origine de cette petite cérémonie. Je veux simplement savoir qui l'a organisée. Dites-le-moi, et je vous laisserai partir.

Je faillis m'étrangler de rire. Voilà qu'il me faisait le numéro du gentil flic ! Cela dit, je n'en croyais pas mes oreilles. Venait-il vraiment de me mettre ce marché entre les mains ? Savait-il à quel point je souhaitais voir Cheyenne renvoyée ?

– Je sais qui c'est, mademoiselle Brennan, reprit Cromwell. Et vous le savez aussi. J'ai simplement besoin que quelqu'un me le confirme, pour pouvoir utiliser cette information.

Ainsi, aucune de mes camarades n'avait parlé ? Incroyable. C'était donc à moi qu'il revenait de porter le coup de grâce à Cheyenne. J'allais pouvoir lui régler son compte une bonne fois pour toutes. Me débarrasser de la fille qui m'avait volé l'amour de ma vie. Faire en sorte que Josh et elle ne se voient plus jamais. Enfin, peut-être pas jamais, mais du moins pas chaque jour. Quelle revanche !

Mais plus j'y pensais, plus cette éventualité me rebutait. J'avais beau haïr Cheyenne, me rappeler ses actes odieux, sa trahison, je savais que jamais je ne pourrais la dénoncer. C'eût été lui donner raison, d'une certaine manière, lui prouver que je n'étais pas digne de vivre à Billings, que je n'avais pas compris ce que cela signifiait. Les filles Billings se protégeaient mutuellement, même contre leur gré. J'avais appris cela de Noëlle, entre autres choses. Tant que nous restions soudées, le directeur ne pouvait rien contre nous. Il ne pouvait pas renvoyer seize élèves sans s'attirer des représailles des anciens élèves, sans risquer de déchaîner la presse.

– Alors, mademoiselle Brennan ? me demanda-t-il, assez sûr de lui. Allez-vous me dire qui a eu l'idée de cette initiation ?

Je me redressai, le regardai dans les yeux et souris. Son assurance vacilla. J'aurais aimé que Cheyenne soit là pour voir ça.

– Monsieur le directeur, dis-je, je ne sais pas du tout de quoi vous parlez.

Sans rancune

De retour à Billings, je trouvai toutes les filles rassemblées dans le salon. Toutes, sauf Cheyenne, qui avait été convoquée dans le bureau du directeur après moi. Rose et Portia se levèrent pour m'accueillir.

– Où est Shy ? me demanda Portia.

– Encore là-bas.

Soudain épuisée, j'allai m'asseoir près de la fenêtre et me mis à contempler la cour plongée dans la pénombre. Un flot de pensées ininterrompu tourbillonnait dans ma tête. Qu'avais-je fait ? Avais-je vraiment laissé filer ma chance de me débarrasser de Cheyenne ? Allais-je devoir supporter sa haine jusqu'à la fin de l'année ?

Je sentis une main se poser sur mon épaule et je levai les yeux. C'était Rose.

– Je voulais juste savoir comment tu te sentais, me dit-elle. Après ce que Cheyenne a dit tout à l'heure...

Ma gorge se serra.

– Merci. Ça va.

Derrière nous, les autres filles conversaient à voix basse. Constance, Sabine, Astrid. Kiki et Lorna, rassemblées dans un coin, parlaient avec précipitation. Missy était à l'écart et fixait la cheminée.

Rose s'assit en face de moi sur l'appui de fenêtre.

– Ce n'est pas vrai, tu sais... Ce que Cheyenne a dit... Enfin, c'est vrai seulement en partie. Tu n'as pas été admise à Billings selon les règles, mais elle a eu tort de dire que personne ne veut de toi ici. On t'adore toutes.

Je ris malgré moi. J'appuyai le front contre la vitre fraîche et continuai à regarder dehors.

– Ouais. C'est ça...

– Je suis sérieuse, insista Rose. Après ce que tu as vécu à Noël dernier, le simple fait que tu reviennes en janvier... Tu as impressionné tout le monde. Aucune de nous n'aurait eu ce courage. Tu sais que tout le monde t'aime bien. On s'est tellement amusées ensemble au printemps dernier. Les sorties au spa, notre week-end shopping de folie à Boston, les dix-sept ans de Vienna...

Je souris en me rappelant que pendant sa soirée d'anniversaire, Vienna, complètement saoule, avait failli se noyer en nous faisant une démonstration d'équilibre sur la rambarde du yacht de son père. Gage l'avait rattrapée *in extremis*, puis il avait exigé toute la soirée qu'on l'appelle « mon sauveur », au prétexte qu'il avait sauvé la fête.

– Les paroles de Cheyenne n'engageaient qu'elle, ajouta Rose. Je ne sais pas pourquoi, elle a décidé de s'en prendre à toi dès le premier jour.

– Moi, je sais pourquoi. Pour elle, une élève boursière avec une garde-robe Gap et une coupe de cheveux à vingt dollars n'a pas sa place à Billings...

Je me rappelai soudain le jour, pendant mon bizutage, où Cheyenne avait fait allusion à mon origine sociale et écrasé son pinceau à poudre sur son tapis, avant d'exiger que je le nettoie. Je ne sais comment j'avais fini par oublier cet épisode l'an dernier et apprécier sa compagnie. Une folie passagère, sans doute...

– Vingt dollars, vraiment ? dit Rose, sidérée.

Puis elle se reprit.

– C'est dingue ! Ça ne se voit vraiment pas.

– Merci ! m'exclamai-je en riant.

– De rien ! chantonna Rose. Alors, sans rancune ?

Je n'eus pas le temps de lui répondre. La porte d'entrée de Billings s'ouvrit. Cheyenne entra dans le salon, la démarche raide, les yeux rouges... Comme si on venait de lui annoncer qu'il ne lui restait plus que deux semaines à vivre.

Rose se leva et se précipita à sa rencontre.

– Que s'est-il passé ?

– Je suis renvoyée, articula Cheyenne en regardant devant elle. Virée.

En une fraction de seconde, tout l'air de mes poumons fut aspiré vers l'extérieur. Je ne pouvais plus bouger, et même penser m'était difficile.

– Mais tu n'as rien fait ! protesta Portia. Enfin, rien que ce qu'on a toujours fait. Tu lui as dit…

– Il s'en fiche, coupa Cheyenne, levant enfin les yeux. Il ne voulait même pas l'entendre. Je dois faire mes valises ce soir. Je pars demain.

Elle fit demi-tour et sortit en titubant. Portia enjamba les pieds de Tiffany et courut derrière elle. Personne d'autre ne bougea. Je regardai Sabine en tremblant. Elle me rendit mon regard. C'était terminé. Cheyenne s'était fait renvoyer toute seule, sans qu'on ait eu besoin de lever le petit doigt.

Punition

Deux secondes plus tard, la porte d'entrée de Billings s'ouvrit de nouveau et Cromwell entra dans le salon, suivi de Mme Naylor. Bien qu'on fut au milieu de la nuit, elle était vêtue d'un tailleur gris, et même maquillée.

– Asseyez-vous, s'il vous plaît, nous ordonna le directeur.

Nous obéîmes. Je me demandai s'il avait remarqué l'absence de Portia, mais cela ne m'importait pas vraiment. Qu'allait-il encore nous annoncer ? Mon pouls battait à toute allure. Sabine, à ma gauche, semblait au bord de la crise de nerfs ; quant à Constance, elle était d'une pâleur tirant sur le vert. Tiffany avait les mains jointes sur les genoux, et, chose exceptionnelle, son appareil photo n'était pas en vue.

Le directeur s'éclaircit la gorge.

– Mesdemoiselles, je pense que vous savez déjà combien vous m'avez déçu. Je ne m'étendrai donc pas sur le sujet. Je viens simplement vous annoncer que Cheyenne Martin a été renvoyée et que j'ai démis Mme Lattimer de ses fonctions.

La nouvelle était si choquante que nous l'accueillîmes dans un silence consterné.

– Je sais qu'elle a travaillé dans cet établissement un grand nombre d'années, mais elle était visiblement incapable de vous contrôler.

– Oh ! mon Dieu ! fit Vienna à mi-voix.

Je savais ce qu'elle pensait. Mme Lattimer avait ses défauts : elle était revêche et guindée, mais on l'avait dans la poche. Elle avait régulièrement fermé les yeux sur nos agissements, cette année comme les précédentes. Nous savions toutes que Noëlle, puis Cheyenne achetaient son silence avec de l'argent, des chaussures ou ce qu'elle désirait. Si elle n'était plus là...

– Mme Naylor a accepté de prendre la place de Mme Lattimer, continua le directeur.

Celle-ci leva la tête et ses bajoues oscillèrent sous son menton. Constance me prit la main.

– Elle me fera quotidiennement des rapports écrits sur ce qui se passe à Billings, ajouta Cromwell. Je les lirai chaque soir. Si l'une de vous éternue, je le saurai. Si un mot désagréable est échangé entre vous, je le saurai également. Je vous suggère donc de réfléchir sérieusement à votre conduite à partir de ce soir. Mme Naylor, ce dortoir est à vous.

Le directeur fit un pas de côté et notre nouvelle surveillante se mit à arpenter la pièce, tel un adjudant paradant devant ses nouvelles recrues. Ses chaussures orthopédiques grinçaient à chacun de ses pas.

– Vous êtes nombreuses à m'avoir déjà rencontrée, commença-t-elle, mais certaines d'entre vous ne me connaissent pas encore. Soyez assurées que cela ne saurait tarder. Vous et moi, nous allons passer beaucoup de temps ensemble. Cette école est un établissement dédié au savoir, c'est une institution respectable. Vos chambres sont des endroits pour étudier et pour dormir, certainement pas pour vous réunir, ou pour faire des fêtes. J'ai vu combien vos agissements et ceux de vos semblables ont terni le nom de cette académie depuis plusieurs années, et je suis décidée à y mettre un point final.

Je regardai London et Vienna. On aurait dit qu'on venait de leur confisquer leurs cartes American Express. Le désespoir qui planait dans l'air était palpable.

Assurément, Cromwell savait choisir ses punitions. Pour la plupart de mes camarades, ce qui nous arrivait était pire qu'un renvoi. Si Cromwell les avait mises à la porte, elles auraient pu intégrer n'importe quel autre pensionnat sélect et continuer à faire la fête. Mais avec Mme Naylor sur le dos, c'était terminé. La vie à Billings ne serait plus jamais la même.

Dernière explication

La porte de Cheyenne était ouverte. Je ne sais ce qui m'y incita, mais, alors que mes camarades obéissaient aux ordres de Mme Naylor qui nous avait commandé de nous coucher sans plus tarder, j'allai me planter sur le seuil de sa chambre. Je devinais trop bien les sentiments qu'elle devait éprouver. Cheyenne adorait cet endroit : pas seulement Billings, mais aussi Easton. Elle venait de commencer son année de terminale, et brusquement, tout s'arrêtait...

Je la trouvai assise sur son lit. Les genoux joints, le dos rond, elle avait les yeux perdus dans le vague. Elle cligna des paupières en m'apercevant.

– Tu viens savourer ta victoire ? me demanda-t-elle.

– Non.

– Pourquoi pas ? Tu as ce que tu voulais, non ? fit-elle en se levant. N'était-ce pas à ça que tu travaillais depuis le début de l'année ?

J'écarquillai les yeux.

– Pardon ? C'est toi qui essayais de faire renvoyer des gens, que je sache. Je me contentais de les défendre.

– Arrête. On sait toutes les deux que ce qui arrive est de ta faute ! rétorqua-t-elle sèchement. Ne m'insulte pas en soutenant le contraire.

– De ma faute ? Qu'est-ce que tu racontes ?

– Je sais que c'est toi qui as prévenu Cromwell que l'initiation aurait lieu aujourd'hui, dit Cheyenne en se levant. Sinon, pourquoi aurait-il lancé son petit raid ce soir plutôt qu'un autre ?

– Tu penses que je l'ai prévenu ? Mais pourquoi aurais-je fait ça ? protestai-je, déconcertée.

– Tu as découvert que je n'avais pas l'intention d'initier ta pauvre petite bande, alors, tu as décidé de tout saboter.

– Tu as un trou de mémoire, Cheyenne. Je n'avais pas imaginé une seule seconde que tu avais prévu d'humilier Constance, Sabine et Lorna. Tu devrais te rappeler à quel point ça m'a choquée...

Cheyenne haussa les épaules.

– Tu es une bonne actrice, c'est tout.

– N'importe quoi !

– Ce que je sais, c'est qu'une véritable fille Billings n'aurait jamais pris position contre une de ses sœurs, dit Cheyenne en marchant vers moi. Billings est un dortoir d'élite, Reed, mais ça, tu ne peux pas le comprendre.

Nos vies sont différentes de la tienne, et elles le resteront toujours. Nos liens sont fondés sur quelque chose de profond, qui te dépasse.

– Ah oui, ripostai-je. Sur quoi ? Sur l'argent ? Sur les privilèges ? Sur la carte de crédit de papa ? Quelle profondeur, en effet !

Cheyenne souffla avec mépris.

– Tu vois ? Tu viens de le prouver. Tu n'appartiens pas à notre monde. Tu n'as même pas idée de ce qu'il faut pour être à Billings.

Elle croisa les bras et j'aperçus son pendentif en B, cette breloque ridicule censée nous distinguer du commun des mortels. Comme j'aurais aimé que Cheyenne m'ait vue dans le bureau du directeur, ce soir. Quelqu'un l'avait dénoncée, forcément. Qui ? Je l'ignorais. Cromwell n'aurait pas pu se passer d'un témoignage pour la renvoyer, mais ce n'était pas le mien. J'aurais aimé pouvoir le lui dire, mais je savais qu'à l'inverse Cheyenne m'aurait dénoncée sans hésitation. Je n'allais pas m'abaisser à chercher son absolution.

– Je crois que c'est toi qui n'en as aucune idée, au contraire.

– Je te hais, cracha Cheyenne en se campant devant moi. J'aimerais que tu ne sois jamais venue étudier ici. Tu n'y as pas ta place. Tu n'es qu'une péquenaude, et tu ne seras jamais rien d'autre.

Son venin me brûlait comme un fer rouge. Je plissai les yeux.

– C'est peut-être vrai, Cheyenne, mais demain, je serai encore une élève d'Easton. Et toi, qu'est-ce que tu seras ?

Voilà ! Enfin une repartie parfaite au moment parfait. J'en rougis de plaisir. Cheyenne l'avait bien mérité, non ?

– Sors, dit-elle entre ses dents.

Une larme de colère coulait sur sa joue ; son visage était violet de rage.

– Cheyenne...

– Dehors !

Elle m'attrapa, me força à faire demi-tour et me poussa dans le couloir. Avant que j'aie compris ce qui m'arrivait, elle avait claqué la porte. Je restai sur place un long moment, tremblante, essayant de reprendre mon souffle. Je n'avais encore jamais vu Cheyenne dans cet état. C'était effrayant.

– Mademoiselle Brennan ?

La voix de Mme Naylor me fit sursauter. Elle était au bout du couloir et me fusillait du regard. J'entendis plusieurs portes se fermer doucement. Apparemment, nos camarades n'avaient pas perdu un mot de la conversation.

– Je croyais vous avoir demandé d'aller vous coucher.

– C'est vrai. Excusez-moi, dis-je en regagnant ma chambre à la hâte.

Sabine était assise dans son lit. Elle avait allumé les bougies sur sa table de chevet, et les flammes vacillaient à chacun de ses mouvements.

– Ça va ? me demanda-t-elle.

Je m'assis sur mon couvre-lit, encore toute tremblante.

– Ça va. C'est toi qui l'as dénoncée ?

– Non, répondit Sabine. C'est toi ?

– Non.

Je me déshabillai et enfilai un T-shirt, impatiente de me glisser dans mon lit. J'étais tellement épuisée que mon corps me paraissait dix fois plus lourd que de coutume.

– Bonne nuit, chuchotai-je en me tournant vers le mur.

– Bonne nuit.

Sabine souffla ses chandelles et l'odeur âcre de la fumée emplit l'air. Je m'efforçai d'inspirer et d'expirer calmement, chassant le visage de Cheyenne de mon esprit. Elle avait vraiment perdu la boule. On se porterait mieux sans elle. Peut-être même qu'on aurait enfin un peu de tranquillité…

Partie depuis longtemps

Je m'assis toute droite dans mon lit, une main sur le cœur. Quelqu'un hurlait. Hurlait en continu. Sabine était déjà debout ; une respiration saccadée faisait monter et descendre sa poitrine.

– Qu'est-ce que c'est ? Qu'est-ce qu'il y a ? demanda-t-elle.

Des portes claquèrent. Des pas martelèrent le sol. Je repoussai mes draps sur mes pieds. Dehors, le jour venait à peine de se lever. Un autre cri retentit, encore plus strident que le premier. Je me précipitai dans le couloir, Sabine sur mes talons, et nous trouvâmes Vienna en pleurs, assise par terre, le dos contre le mur. London, Portia, Tiffany et Kiki étaient devant la chambre de Cheyenne. Missy et Lorna, agrippées l'une à l'autre, étaient l'image du désespoir. Quelque part, quelqu'un vomissait bruyamment. Je m'approchai de la porte et me faufilai dans la pièce. Rose hurlait toujours au-dessus du corps inanimé de Cheyenne.

– Cheyenne ! Oh, mon Dieu ! Cheyenne !

Je tombai à genoux et pris son visage entre mes mains. Il était moite et glacé. Gris. De petits points rouges étaient apparus autour de ses yeux.

– Cheyenne ! Réveille-toi ! criai-je. Cheyenne !

Je frappai ses joues du bout des doigts, sachant que c'était inutile. Qu'il était trop tard.

– Arrête de crier ! ordonnai-je à Rose.

Tiffany s'approcha et l'enlaça. Elle se tut enfin.

– Elle a pris des cachets, hoqueta London. Elle a dû prendre des cachets.

Il y avait en effet des pilules éparpillées sur le sol, échappées d'un petit sac en velours. Lorsque je les vis, la chambre se mit à tourbillonner autour de moi. Ma vue se brouilla. C'étaient de minuscules comprimés à pois bleus...

Astrid entra en coup de vent dans la pièce, suivie de Mme Naylor. Plus alerte que je ne l'aurais imaginé, notre nouvelle surveillante s'agenouilla près de moi et posa deux doigts sur la gorge de Cheyenne. Je me reculai pour ne pas gêner ses mouvements, tandis qu'elle entamait un massage cardiaque. Bientôt, nous n'entendîmes plus que les sanglots de Vienna dans le couloir et les halètements de la surveillante. Tiffany fixait le bureau, les yeux écarquillés. Je suivis son regard. Près de l'ordinateur portable rose de Cheyenne était posée une feuille de papier bleu lavande, sur laquelle elle avait inscrit quelques mots de son écriture majestueuse.

« Désolée. Je ne peux pas rentrer à la maison. »

Une sirène déchira le silence. Mme Naylor renonça à ranimer Cheyenne. Elle s'assit sur ses talons et couvrit sa bouche d'une main aux veines saillantes. Nous entendîmes les infirmiers entrer et les portes claquer, convaincues qu'il était trop tard.

Cheyenne était partie depuis longtemps.

Remake

Debout devant Billings, dans le tiède soleil du matin, j'avais l'impression de revoir un film. Tout m'était si familier : les voitures de police, le ruban jaune, les gyrophares. Les élèves en pyjama, l'air horrifié. Les pleurs, les questions, la peur. Les flics avec leurs mines sévères. Tout le monde jouait son rôle à la perfection.

Pourtant cette fois, il n'y avait pas de brume, pas d'obscurité, pas de rosée. Cette fois, pas d'incertitude : Cheyenne s'était suicidée. Elle m'avait fermé sa porte au nez la veille au soir et, plus tard, avant que Rose ne la rejoigne ce matin pour l'aider à faire ses bagages, elle avait mis fin à ses jours.

Autour de moi, les gens chuchotaient, spéculaient. Je ne les entendais pas. J'étais incapable de bouger, ou de fixer mon regard. C'est à peine si je parvenais à respirer.

Cheyenne avait-elle déjà prévu de se suicider quand elle m'avait chassée de sa chambre ?

La porte d'entrée de Billings s'ouvrit. Un brancardier à la tête rasée manœuvra la civière pour lui faire passer le seuil. Le corps de Cheyenne était recouvert d'un drap blanc, mais on en distinguait la forme. Sa silhouette paraissait plus minuscule que jamais. Cheyenne. Hier encore, après le déjeuner, elle riait dans la cour avec Portia. Aujourd'hui, elle était morte. Partie. Pour toujours.

Ivy se détacha de la foule, et alla s'adosser, seule, à l'un des murs de pierre. Rose la rejoignit et elles restèrent côte à côte, suivant des yeux le brancard qu'on poussait dans l'allée. Les portes de l'ambulance s'ouvrirent. On chargea Cheyenne à l'intérieur. Morte. Partie. Pour toujours.

Et soudain, Josh surgit de nulle part et je me retrouvai dans ses bras.

– Reed ! Oh, mon Dieu ! est-ce que ça va ? me demanda-t-il.

Je blottis mon visage dans son épaule. Je ne pouvais plus regarder. Plus respirer. Rien.

Josh se recula légèrement et prit mon visage entre ses mains. Je fixai sa poitrine. Des points minuscules se mirent à tourbillonner devant mes yeux. Mes oreilles bourdonnaient.

– Reed, respire, m'ordonna-t-il. Respire !

Il me secoua et j'inspirai enfin. Une douleur atroce me vrilla la poitrine et je me mis à tousser. Je me pliai en deux en suffoquant.

– Bouge ! bouge ! entendis-je Josh crier, comme de très loin.

Il m'entraîna vers un muret. La fraîcheur de la pierre à travers le tissu de mon short me ramena à la réalité. Je mis la tête entre mes genoux et me forçai à respirer régulièrement…

– Ça va aller, m'assura Josh.

Il s'accroupit devant moi.

– Respire. Ne pense à rien d'autre. Respire.

J'obéis. Je respirais. J'en étais capable. Cheyenne, par contre…

– Pourquoi es-tu aussi gentil avec moi ? lui demandai-je, les joues ruisselantes de larmes.

– Quoi ?

Je levai la tête et fus prise de vertige. J'agrippai les pierres du muret et clignai des yeux. Le visage de Josh trahissait son inquiétude. Il me passa une main dans les cheveux.

– Comment te sens-tu ?

– Mal. Je suis tellement désolée, Josh, sanglotai-je. Je ne t'ai pas cru, mais c'était vrai. Tout était vrai.

– Qu'est-ce qui était vrai ?

– Toi ! Les cachets. C'était Cheyenne. C'est elle qui t'a fait ça. Je les ai vus. J'ai vu les cachets. Elle a utilisé les mêmes pour… pour…

Je ne pus rien ajouter. J'étais vidée. Je me laissai tomber contre l'épaule de Josh en hoquetant et je pleurai toutes les larmes de mon corps. Cheyenne avait dû s'envoyer ce texto elle-même. Subtiliser le téléphone de Josh et faire toute cette mise en scène à mon intention. Elle était sûrement assez désespérée pour en arriver là.

– Pourquoi a-t-elle fait ça ? Pourquoi ?

– Chuut, Reed ! fit Josh en me serrant contre lui.

Il me caressa les cheveux et me chuchota dans l'oreille :

– Chut ! Ça va aller.

Curiosité morbide

Lorsqu'elle entra dans notre chambre, plus tard dans la matinée, Sabine me trouva occupée à fourrer des affaires dans mon sac de sport. Elle s'arrêta net, la main sur la poignée de la porte.

– Qu'est-ce que tu fais ? me demanda-t-elle, presque sèchement.

– Josh m'a proposé de partir quelques jours. J'ai pensé que c'était une bonne idée. Ne t'inquiète pas, je vais revenir.

Elle se détendit.

– Ouf ! J'ai cru que tu nous abandonnais.

– Non. Enfin, pas encore...

– Où vas-tu ? voulut-elle savoir.

Elle se dirigea vers son bureau et s'assit avec raideur. Depuis ce matin, tous nos mouvements nous semblaient contraints, comme si nous ne savions plus comment nous comporter. Comme si la chambre vide, au fond du couloir, était un être vivant qui nous observait à la dérobée. Après le départ de l'ambulance et celui de la police, seules quelques-unes des filles Billings étaient revenues dans le dortoir. Les cours auraient probablement été annulés si l'on avait été en semaine, mais nous étions samedi. Nos camarades qui n'étaient pas à la bibliothèque ou dans la cour s'étaient réfugiées dans d'autres dortoirs. Les rares qui étaient revenues gardaient leurs portes fermées, ce qui était plutôt inhabituel.

– À New York, dis-je. Les parents de Josh ont accepté qu'on passe le week-end dans leur maison. Ils sont en France, alors...

– Alors, vous aurez la maison rien que pour vous, poursuivit Sabine.

– Crois-moi, c'est la dernière de mes préoccupations. J'ai seulement envie de partir d'ici...

Je remontai la fermeture éclair de mon sac et regardai la porte.

– Je suis désolée de te laisser seule en ce moment. C'est un peu vache, je sais...

– Bah ! ne t'inquiète pas. Ma sœur est à Boston pour quelques jours et j'ai demandé la permission de quitter le campus. J'ai hâte de la voir.

– C'est génial, m'écriai-je, surprise.

C'était la première fois que Sabine faisait allusion à une sœur.

– Je suis désolée de ne pas être là pour faire sa connaissance.

– La prochaine fois, fit Sabine en souriant. Je suis sûre qu'elle serait ravie de te rencontrer, elle aussi.

Elle se leva et prit un livre dans son sac.

– Bon, je vais retrouver Constance et les autres. Amuse-toi bien en ville. Essaie de penser à des choses agréables.

– Promis !

Après son départ, le dortoir devint aussi silencieux qu'un tombeau. Mon pouls s'emballa et je décidai d'aller attendre dans la cour l'heure du départ. J'allais prendre mon sac à dos, quand mes yeux se posèrent sur mon ordinateur. Je n'avais pas consulté mes e-mails depuis la veille au matin. Dash m'avait-il écrit ? Était-il déjà au courant de ce qui s'était passé ? Je n'avais pas reçu de nouvelles de lui depuis que je lui avais demandé de m'aider à entrer en contact avec Noëlle, mais il m'avait sûrement écrit s'il avait appris le drame. Fébrile, je m'assis et ouvris ma boîte aux lettres virtuelle. Comme prévu, un e-mail de Dash m'y attendait. Il était daté du jour-même à midi. Je m'empressai de l'ouvrir et regardai derrière moi. La porte était toujours fermée.

Je pris une grande inspiration avant de me retourner vers l'écran. Le message était court.

Reed,
Ne t'inquiète pas. Rien n'arrive par hasard.
Dash

Je clignai des yeux et relus le message. Faisait-il allusion à Cheyenne, ou à quelque chose que je lui avais écrit ? J'avais du mal à imaginer que la mort d'une amie pouvait laisser Dash aussi indifférent. Mais que lui avais-je écrit la fois précédente qui justifie une telle réponse ? Après tout ce qui était arrivé, je ne me rappelais même plus la teneur de mon dernier courrier. Je fermai le mail et la liste des nouveaux messages réapparut. Mon cœur s'arrêta.

Le second provenait de Cheyenne. Il était daté de 2 : 04 ce matin.

J'avais dans ma boîte un message de quelqu'un qui ne parlerait plus jamais à personne. Qui n'écrirait plus jamais, qui ne prononcerait plus jamais un mot. Pourquoi Cheyenne m'avait-elle envoyé un mail à moi, entre tous ? Pourquoi m'avait-elle adressé ses dernières pensées ?

Ma gorge devint sèche. La terreur m'étreignit la poitrine et me révulsa l'estomac. Je posai la main sur la souris.

« Supprime-le. Fais comme si ce message n'existait pas. Comme s'il n'était jamais arrivé. »

Mais bien sûr, j'en étais incapable. Outre ma curiosité morbide, j'étais convaincue que je ne pourrais pas vivre le reste de ma vie sans savoir…

Je cliquai sur l'icône du message et regrettai aussitôt mon geste.

« Ignore la lettre, disait-il. C'est toi qui m'as fait ça. Tu as gâché ma vie. »

Surprise

Comment avais-je gâché la vie de Cheyenne ? Ce n'était pas moi qui l'avais fait renvoyer. Je ne l'avais pas dénoncée au directeur. J'aurais dû le lui dire, lui montrer que je l'avais protégée malgré ce qu'elle m'avait fait. Pourquoi m'étais-je tue ? Par fierté. Est-ce que ma fierté avait causé la mort de Cheyenne ?

– Reed ?

Josh tenait la porte du restaurant ouverte pour moi. Des odeurs délicieuses s'échappaient de la salle, mais j'étais sûre que mon estomac rejetterait toute nourriture, même la plus raffinée.

– Merci, fis-je en me glissant devant lui.

Il posa une main sur mon bras.

– Comment tu te sens ? On n'est pas obligés de manger, si ça ne te dit rien.

Josh avait déjà spéculé pendant une demi-heure sur ce qu'il convenait de faire de notre soirée. Il était partagé entre l'envie de sortir pour fêter nos retrouvailles, et le sentiment que l'on ne pouvait pas faire la fête alors qu'une personne de notre connaissance venait de se suicider. J'étais tellement distraite que je n'avais pas pu l'aider et Josh, affamé, avait fini par trancher. J'avais enfilé ma robe bleue préférée sans me soucier de savoir si elle était assez chic pour le restaurant dans lequel nous allions.

– Ça va, répondis-je. J'ai faim, c'est tout.

Josh sourit et me suivit à l'intérieur. Le maître d'hôtel nous escorta jusqu'à une table. Les sièges étaient confortables. Le mien me fit l'effet d'un cocon. Avec un peu de chance, si j'arrivais à me concentrer sur Josh toute la soirée, à avoir une vraie conversation, je pourrais peut-être enfin chasser de mes pensées le message de Cheyenne.

– Et mince ! s'écria Josh en se relevant brusquement.

Je me préparai au pire.

– Quoi ?

– Je vois des amis de mes parents, m'expliqua-t-il en levant une main. Il faut que j'aille les saluer. Excuse-moi, Reed. J'en ai pour une minute.

J'agrippai les bras de mon fauteuil.

« Non. Ne me laisse pas. Ne me laisse pas. Ne me laisse pas. Je ne peux pas être seule. Pas maintenant. »

– Entendu, dis-je en avalant ma salive.

– Je te promets d'être de retour dans deux secondes.

Dès qu'il fut parti, mon cœur se mit à battre comme un fou. La sueur me picotait les aisselles et ruisselait dans mon dos. Cheyenne ne pouvait pas être sérieuse quand elle m'avait accusée d'avoir ruiné sa vie. Ça n'avait pas de sens. Elle savait qu'elle avait sa vie devant elle. Elle aurait pu achever sa terminale dans n'importe quelle autre école privée et atterrir dans une fac de l'*Ivy League*[1]. Ce n'était pas de ma faute. Impossible

« Respire à fond, Reed. Cheyenne était névrosée. Elle peut bien te reprocher sa mort, ça ne signifie rien. Les gens bien dans leur peau ne se suicident pas. Ils ne laissent pas deux lettres d'adieu contradictoires. »

Il faisait trop chaud dans ce restaurant. Il fallait que je sorte de là. Je cherchai mon sac à main. Mon téléphone. J'allais appeler mon frère. J'avais besoin d'entendre une voix réconfortante, de parler à quelqu'un en qui j'avais confiance.

Mes mains tremblaient tellement que le téléphone m'échappa et tomba par terre. Une main élégante le ramassa pour moi.

– On perd ses affaires, lèche-vitres ?

---

1. L'*Ivy League* est un groupe de huit universités du nord-est des États-Unis. Elles comptent parmi les plus prestigieuses du pays.

« Oh, mon Dieu ! »

Je me relevai et découvris Noëlle Lange campée devant moi. Mon cœur manqua exploser, et je réalisai que j'avais cru ne jamais la revoir.

– Noëlle !

Dans ma précipitation, je manquai renverser mon fauteuil. Elle l'arrêta à mi-course.

– Tss-tss. On ne s'excite pas trop ! me réprimanda-t-elle, l'air amusé. Je ne reviens quand même pas d'entre les morts...

Son intonation, le choix de cette expression me firent soupçonner qu'elle était au courant pour Cheyenne. Et alors ? Peu importait son ironie morbide. Tout ce qui comptait pour moi, c'était qu'elle était là. Sa présence tenait du miracle ! Je l'enlaçai et la serrai très fort.

– C'est tellement bon de te revoir !

Elle me rendit mon étreinte.

– À moi aussi, ça me fait plaisir.

Je me reculai pour la regarder. Elle était splendide, comme toujours. Ses longs cheveux bruns brillaient et une longue frange tombait sur ses yeux marron. Elle portait une robe noire moulante et un magnifique pendentif orné de diamants. Ses talons étaient si hauts qu'elle me dominait nettement.

– Où étais-tu passée ? demandai-je, notant son bronzage parfait.

– Ici et là, dit-elle avec désinvolture. À partir de cette semaine, je suis une femme libre. Les avocats de mon père ont enfin démoli la salope qui jugeait mon affaire. Du coup, je ne suis plus en probation et j'ai le droit de quitter le pays.

Elle prit mon verre d'eau sur la table et en but une gorgée.

– Ce n'est pas trop tôt. J'en ai ras le bol des Hamptons.

– Alors, tu vas... Tu pars à l'étranger ? demandai-je, déconfite.

Qu'est-ce que je m'imaginais ? Qu'elle allait revenir à Easton avec moi ? Se réapproprier la chambre au fond du couloir, être là pour me protéger ?

Noëlle me regarda de bas en haut.

– En fait, je n'en sais trop rien. Certains événements récents pourraient m'inciter à rester dans le coin...

Ma gorge se serra.

– Tu ne veux pas dire... Je... euh... Tu es au courant pour Cheyenne ?

– Oui.

La bouche en cœur, elle posa le verre sur la table.

– C'est moche. Mais tu sais ce qu'on dit, Reed...

Je la regardai dans les yeux. Ces yeux familiers, pétillants, espiègles. J'avais presque du mal à croire qu'elle était là, en chair et en os. Comme elle m'avait manqué !

– Quoi ? la pressai-je. Qu'est-ce qu'on dit ?
Noëlle eut un sourire entendu.
– Rien n'arrive par hasard.

Cet ouvrage a été mis en pages
par DV Arts Graphiques à la Rochelle

Impression réalisée par

CPI
Brodard & Taupin
La Flèche

en juin 2009
pour le compte des Éditions Bayard

Imprimé en France
d'impression : 52995